L'ÂME PRÊTÉE AUX OISEAUX

Du même auteur

La Grande Drive des esprits, Le Serpent à plumes, 1993.
L'Espérance-macadam, Stock, 1995.
L'Exil selon Julia, Stock, 1996.
Femmes des Antilles (en collaboration avec Marie Abraham), Stock, 1998.

Pour la jeunesse

Un papillon dans la cité, Sépia, 1992.

Gisèle Pineau

L'âme prêtée aux oiseaux

roman

Stock

*Pour celle qui chante
à la croisée des chemins.*

Lila, sa vie avait été comme une fiole qu'elle aurait tenue à pleines mains. S'en serait longtemps trouvée embarrassée avant de se mettre à l'agiter. D'abord, juste pour regarder frémir et remuer les sables blonds déposés dans le fond. Voir soudain se dresser des vagues blanches, fragiles murs de dentelles. Attendre qu'elles s'effondrent les unes derrière les autres après des pluies d'étoiles.

Étoiles de coton jaune suspendues au ciel noir.

Alors, elle s'était inventé un horizon bleu de théâtre qu'elle aurait elle-même barbouillé à la peinture à l'eau, étalé du bout d'un sein, de la pointe de la langue, par pure curiosité, pour connaître le velours et le sel de ce ciel-là, avant de s'envoler.

Elle avait souvent collé son œil tout contre le flacon. Elle surprenait des gens qui n'y étaient plus, mais dont l'écho renvoyait les voix, encore et encore. Rires et pleurs et cris fantômes. Figures graves du passé qui l'invitaient à les rejoindre, apparaissaient parfois et puis se défaisaient au fur et à mesure, pareilles à ses amours sur terre.

Un jour, la fiole avait glissé d'entre ses doigts, s'était brisée en mille éclats, livrant les eaux troubles et furieuses de sa vie.

C'était décembre, juste avant le Noël de 1993.

On enterrait Lila.

Des mains étreignaient des pelles et jetaient de la terre sur son cercueil de bois.

Lila, ma vieille maman blanche qui m'avait dévoilé les dessous de sa vie et puis m'avait quittée. Ce qu'elle avait été se bousculait aujourd'hui en souvenirs disparates où l'essentiel voisinait avec le futile. Incroyables danses d'amour qui mêlaient bras et jambes, soulevaient les âmes et renversaient les temps.

Lila, j'aimais son rire.

Et je n'étais pas lasse des belles histoires qu'elle racontait, contes et mensonges imbriqués, vérités à demi effacées...

« Ha ! ha ! ha ! si tu savais, Billy ! à l'époque du marché noir, Paris c'était le cirque ! Si tu savais ce que j'ai traversé, Seigneur ! Regarde pas ma peau plissée, mes cuisses molles et mes jours de folie. J'en ai connu des hommes... Y en a qui se mettaient à genoux devant moi et me léchaient partout, et j'avais qu'à écarter les jambes et claquer des doigts, des Lucien, Marcel et Ferdinand et d'autres venus de si loin et que le hasard avait placés sur ma route. »

Et j'aimais quand le rire de Marcello s'attachait au sien, mon fils Marcello...

Il faisait froid. J'avais les doigts gelés malgré mes gants de cuir. Des gants noirs que Lila m'avait donnés peu après mon arrivée en France. En ce temps-là, ses armoires et ses tiroirs, comme sa mémoire, étaient bondés de souvenirs. On aurait cru qu'elle n'avait fait qu'entasser toute son existence. N'avait jamais rien trouvé à jeter ni prêter jusqu'à ce qu'on entre dans sa vie, Marcello et moi. Au début, ça ressemblait à des antiquités innocentes d'apparence qui sentaient même pas la naphtaline. Un passé frais, conservé vivant, vibrant, tellement excitant qu'il donnait envie d'y retourner en dépit de la guerre. En ces moments de confidence, elle racontait avec légèreté, à moitié, juste pour nous épater, s'inventer des pans de vie, nous faire rire et pleurer. Pendant des années, elle avait abandonné dans les coins sombres et les tiroirs secrets de ses commodes les choses qui lui tenaient à cœur, l'effrayaient et l'écorchaient sitôt qu'elle y songeait. Pour s'étourdir, elle déballait alors des montagnes de vieux vêtements : collections de robes du soir, en velours ou soie avec des paillettes, tailleurs en flanelle, chemises zazoues, pantalons d'homme à pinces, manteaux en vrais poils d'animaux. Et des cartons de chapeaux, à plumes et voilettes, capelines, bérets, bibis. Chaussures de toutes couleurs et de tous âges, talons en crêpe, aiguilles ou compensés, souliers vernis, à bouts ronds ou pointus. Sacs

en croco, pochettes en strass, troussettes en perles...
Quand Lila avait fini de vider ses armoires, appris à me
connaître, elle avait commencé à se libérer de la part
d'ombre qui la terrorisait.

Des matins, elle se levait, électrique, avec ses yeux
encore cousus au fil noir de quelque mauvais rêve. Elle
criait dans l'escalier : « Billy ! Billy ! descends ! » Et
j'avais pas franchi le seuil de sa porte qu'elle me tendait
des billets sortis de son soutien-gorge, des billets de cinq
cents francs tièdes, ocres et fripés, couvés nouveau-nés
d'entre ses seins froissés... « Prends donc ! Et pas de
manière, Billy ! C'est pas pour toi ! C'est pour Marcello.
Tu sais bien, j'ai personne ! Et faut qu'on lui laisse un
magot ! Je veux pas qu'il manque plus tard ! » Et elle partait à rire. Si je résistais, ses yeux bleus devenaient deux
pierres dures, comme celles montées en bagues aux doigts
des princesses. Je demandais rien. Y avait pas de raison
qu'elle se dépouille pour nous. J'avais mon travail d'infirmière à La Salpêtrière, ça suffisait. Je la repoussais. Mais
je me heurtais aux os durs de ses mains. Quand elle avait
fourré les billets dans mes poches, elle décrétait : « Tu sais
bien, Billy ! j'ai plus que vous. C'est bête comme on
s'attache, même à des Noirs... » Et ça la faisait rire de
dire « même à des Noirs » ! Alors, elle le répétait jusqu'à
ce que sa langue soit trop lourde, ne veuille plus du mot
Noir. Jusqu'à ce que sa mâchoire soit contractée. Jusqu'à
ce que ses yeux soient mouillés.

Lila avait convolé une seule fois dans sa vie, en 1952,
avec Frédéric Montrevault. Ils avaient habité trois ans
dans un hôtel particulier du VIIIe arrondissement.
L'homme avait réussi dans les affaires. Il rangeait son

butin dans des coffres à la banque et possédait de nombreux immeubles à Lyon et Paris. À sa mort, Lila avait hérité d'une fortune et regagné son cher appartement de la rue Danton où elle n'avait été autrefois qu'une des locataires de Frédéric. Là s'amoncelait toute son existence. Ses fantômes et ses amours.

« Y a des mauvaises langues qui ont raconté que je l'avais épousé rien que pour son argent. Mais, faut me croire, Billy ! On s'est aimés tant qu'on a pu. Il était si gentil, tu peux pas savoir. À l'époque, j'avais vingt-huit ans et lui plus de soixante-sept. Mais on s'était mariés par amour, Sybille. Et j'espère bien que tu me crois ! Faut pas que tu fasses comme ceux qui le regardaient en rigolant, la bouche en biais. Je l'ai adoré mon Frédo ! J'ai été son dernier rayon de soleil... »

Les hommes qui enterraient Lila avaient des nez rouges, à cause du froid, et des chaussures ridicules. Ils portaient des tricots rayés défraîchis sous leurs vestes à carreaux déformées. On aurait dit deux clowns.

Leurs mains s'occupaient une dernière fois du vieux corps de Lila. Et je me l'imaginais glacée dans sa boîte, étendue entre le satin blanc et la dentelle violette, jouant son ultime rôle, écoutant les pelletées de terre frapper à mesure le cercueil, et souriant comme si tout cela n'était qu'une farce. Souriant parce qu'elle lisait dans mes pensées. Elle voyait bien que le chagrin ne m'empêchait pas de rêver aux oiseaux du Kreyol et à mes valises à boucler.

Deux clowns à mégots et casquettes à l'envers, qui se lançaient des œillades par en dessous et s'épiaient, l'air inquiet de celui qui va recevoir une tarte à la crème ou un seau d'eau sur la tête.

Ils m'avaient tout de suite intriguée. Eux, leurs nez rouges, leurs mains carrées aux ongles sales et ébréchés qui n'avaient pas connu Lila. Ils semblaient échappés d'un cirque comme ça arrivait parfois aux lions, aux tigres et aux panthères. Ils étaient juste là pour ensevelir Lila, tourner la mort en dérision.

Je ne pleurais pas. Je me tenais droite devant la fosse, raidie par le froid et le sentiment d'être orpheline pour la seconde fois. Seule avec mes pensées, les clowns et l'abbé Michel qui récitait ses prières. Des mots bien chauds, soufflés dans le vent glacial, qui formaient des volutes blanches, des anges évanescents descendus chercher Lila.

Je me sentais moi-même immatérielle.

Le monde avait basculé dans l'irréel. La terre voltigeait d'une manière ralentie. Les mouvements des fossoyeurs me rappelaient une chorégraphie qui m'avait amusée un jour à la télévision. Je voyais Lila sourire dans son cercueil. Sourire aux oiseaux qui par milliers s'étaient posés alentour, sur les branches des arbres noirs. Dépouillés de leurs feuilles, ils paraissaient calcinés, encore debout mais déjà morts, revenant de cette époque des bombardements que Lila faisait de temps à autre remonter de sa mémoire.

« T'aurais tremblé si t'avais vécu ça, Billy! Paris n'était plus Paris! On savait jamais si on allait pas être estropié ou arrêté ou tué avant le coucher du soleil! On avait faim, on avait peur. Restait que l'amour pour croire en la vie... et pour manger aussi, Billy... Fallait manger, chaque jour, tu peux comprendre ça! Restait que l'amour! J'ai été danseuse nue. J'ai bradé mon corps

15

pour m'acheter des topinambours, du rutabaga, du malt grillé, de la margarine et du saindoux... J'ai exercé cinquante métiers pendant que ceux de chez toi dansaient du ventre, les miches à l'air, sous les cocotiers. J'ai traficoté, Billy !... Serveuse au Jacquot Club, vendeuse et couseuse de dessous chics chez Messaline Dedray, femme de chambre à l'hôtel Sextus de la rue Alfred-Chicot, ouvreuse au cinéma Le Midi... Et puis actrice, oui, madame ! »

Au lieu de me recueillir et demander au Bon Dieu de prendre soin de Lila, je m'enfermais dans des pensées horribles, comiques et fantastiques... Comme quoi le diable habitait peut-être ce cimetière et qu'il ne tarderait pas à s'emparer de Lila parce qu'elle n'avait pas été un modèle de sainteté, avait roulé sa bosse et ses fesses dans trop de lits, aimé trop d'hommes... Comme quoi les morts allaient bientôt sortir de terre pour m'emporter aussi parce je ne pleurais pas... Comme quoi les oiseaux posés dans les branches des arbres étaient les amants de Lila...

Mes talons s'enfonçaient dans la neige et j'avais l'impression d'être tirée en arrière. Et peut-être que je serais tombée à la renverse, droite et gelée, pareille à un vieil arbre, si je n'avais pas senti peser sur moi le regard de l'abbé Michel. À ce moment-là, je me suis signée et j'ai jeté ma rose rouge dans la fosse.

Parfois, c'était toujours devant minuit, Lila se mettait à philosopher. J'aimais pas quand elle m'obligeait à souper de ses théories. Elle parlait de plus en plus fort et se servait des pleins verres de whisky en fumant des cigarettes Chesterfield. J'avais beau lui intimer des yeux l'ordre de baisser le ton à cause de Marcello qui dormait, et surtout de desserrer ses doigts du cou du pauvre Johnnie Walker, elle s'enflammait d'elle-même et me recommandait de pas laisser les gens diriger ma vie et me réduire en poussière. « Faut en profiter, Billy ! T'en as qu'une seule, de vie, elle est à toi ! Perds pas une miette, Billy ! Je te pousse pas à ramasser n'importe quoi... Je te conseille pas de rien céder aux autres comme ces richards qui sacrifient pas un sou. Moi, Billy, j'ai tout accompli avec grandeur et panache ! J'ai aimé sans retenue et sans trop de regrets. La peur, Billy, ça empoisonne, tu peux pas savoir... Grandeur et panache, des mots inutiles, tu me diras, mais qui donnent du clinquant aux souvenirs. Et profite bien de l'amour qui passe. Y a rien de meilleur au monde... »

En fait, j'avais le sentiment qu'elle s'égarait dans sa petite philosophie, pour ne pas avoir à évoquer les choses fragiles et acérées qu'elle retenait en elle, dans des fioles, des petits vases de porcelaine et de cristal déposés sur une des tables de sa mémoire, et qu'elle évitait alors de regarder, de crainte de réveiller ce qu'il y avait à l'intérieur.

Des gens l'avaient connue et aimée autrefois. Des hommes surtout, parce que les femmes la détestaient. Lila était ce genre de personne éblouissante qui jette tout le monde dans l'ombre dès qu'elle se pose quelque part. Très âgée et ternie, elle avait conservé un peu de ses lumières qui glaçaient en même temps qu'elles éclairaient. Elle me racontait comment, du temps où elle essayait d'être théâtreuse et chanteuse au beau milieu de la guerre, elle avait failli devenir une nouvelle Michèle Morgan...

« Mais j'aimais trop la vie, Billy ! Et pas la discipline...
Fallait voir ces pauvres filles débarquées de leur campagne et qui traînaient dans les cours de chant, les coulisses des théâtres. La journée, elles travaillaient comme des négresses chez des couturières ou dans les usines. Et le soir, elles se donnaient la réplique, répétaient à s'étourdir, et rêvaient. Elles y croyaient, Billy ! Elles se figuraient qu'elles allaient jouer aux côtés des plus grands, renverser la tête en arrière pour recevoir les baisers de Gabin. Y en avaient aussi qu'étaient des véritables peaux de vache et qui se tiraient dans les pattes pour décrocher un petit rôle de bonniche au théâtre de la Madeleine et faisaient le pied de grue des heures devant la sortie des artistes pour glisser un billet à Guitry. Sacha, il a écrit des rôles juste pour moi, ça t'épate, hein !...

Parfois, pour Marcello, Lila se drapait dans des rideaux, ou bien ressortait ses anciennes robes en soie. Elle chantait le répertoire de Mistinguett, récitait des tirades entières de comédie. Enfoncé dans le fauteuil en velours rouge de Lila, Marcello se délectait. C'est vrai qu'elle se fardait avec outrance. Un rouge trop rouge qui débordait de ses lèvres trop minces, des traits de crayon noir à la place de ses sourcils qu'elle n'avait jamais cessé de raser sa vie durant, et puis de la poudre rose sur sa peau qui ressemblait à du vieux lait. Tellement de poudre pour se trouver encore et toujours jeune quand elle croisait son reflet dans un miroir.

Des soldats, des capitaines, des grands seigneurs, des petits sires et des vils traîtres avaient risqué leurs mains sur elle, l'avaient tournée et retournée, étreinte et caressée. Elle les avait tous aimés, à sa manière, avec son cœur, avec son corps.

Pas un n'était là ce 15 décembre de l'année 1993. Pas même Henry qui n'avait pas voulu la revoir morte. Alors, à moi seule je représentais les parents et amis de la vie entière de Lila. Et, pour me consoler, j'imaginais deux, trois êtres invisibles, priant auprès de moi.

« Repose en paix en ta dernière demeure, Élisabeth-Louise Montrevault », disait maintenant l'abbé Michel en redressant ses lunettes cerclées de fer. Ensemble, nous avions fait un dernier signe de croix et puis il avait secoué la neige accrochée à sa cape. Une grande cape noire de magicien. Les clowns rassemblaient leurs pelles dans une brouette. Un instant, j'ai pensé que l'abbé Michel pourrait sortir une baguette magique de sous sa cape et ressusciter Lila comme dans ces tours de cirque où des filles coupées en morceaux dans des boîtes se relevaient entières, soir après soir, devant un public toujours neuf, toujours médusé.

Soir après soir, pendant près de dix-sept années — l'âge de Marcello aujourd'hui —, j'avais visité Lila, écouté ses vieilles histoires sentimentales, et cherché les fantômes qu'elle regardait errer sur le toit de l'immeuble d'en face. Avant de monter chez moi au troisième, je m'arrêtais au deuxième étage.

« Il a deux mamans, ton Lolo, hein, Billy… Et je le connais mieux que toi !… C'est mon fils, Marcello ! J'ai personne d'autre que vous deux, hein ! Billy… »

Quand il était bébé, elle le gardait chez elle toute la journée. Ils s'adoraient. Et l'année où je suis allée vivre à Noisy, avec Patrick, ils se téléphonaient chaque jour. Lila ne voulait pas croire que j'avais déménagé pour de bon, que j'avais emmené son Lolo.

« Tu reviens quand tu veux, hein! ma Billy! Je louerai pas l'appartement. Si ça va pas avec Patrick, s'il est méchant avec Lolo, laisse tomber et rentre! Tu me promets... c'est sûr! Et n'oublie pas de me passer un coup de fil! »

J'étais de retour après neuf mois. Elle m'avait dit : « Te bile pas! Y en a un qui t'attend quelque part. Tu trouveras bien. Un homme juste fait pour toi... Donne-lui sa chance! »

Des fois, les lumières qui luisaient dans son regard s'éteignaient d'un coup. Tassée dans son fauteuil en velours rouge, elle ne bougeait ni ne parlait plus. Alors, les mauvais souvenirs qui se bousculaient en elle ressurgissaient soudain, tentacules monstrueux la tenant jalousement entravée et bâillonnée. Elle restait là, prostrée, des journées entières. Ne riait pas. Ne pleurait pas. Pétrifiée, elle comptait et recomptait les étoiles, les fioles, les vases de cristal et de porcelaine qui tintinnabulaient jusqu'à se briser dans son esprit et lui blesser le cœur. Tout petit, Marcello croyait qu'elle jouait la morte. Il cherchait à la réveiller, grimpait sur ses genoux, lui tirait les trois poils éternels qu'elle avait au menton. Lila ne bronchait pas. Ses yeux bleus voyaient des choses d'un autre âge, des gens sur le toit de l'immeuble d'en face, des enfants noirs et blancs parmi les pigeons de Paris, des scènes d'un théâtre où elle avait donné la réplique, où elle avait tenu un rôle qui l'avait marquée pour la vie. Mais c'était surtout son temps de guerre qui la minait.

Au bout de deux trois jours, elle nous revenait éreintée, comme si elle avait été rouée de coups. Et il y avait de l'effroi dans ses yeux, des éclats d'une frayeur logée en elle pire qu'une vieille maladie. À ces moments-là, elle ne supportait pas qu'on traîne les pieds ou qu'on renverse une chaise au-dessus de sa tête. Marcello et moi, on enfilait nos chaussons et on marchait à la manière des chats. Parfois, c'était le contraire, le silence attisait ses colères. Folle, elle cognait au plafond, à grands coups, avec un antique bâton de théâtre... « Vous êtes morts là-haut ! J'entends rien ! Y a quelqu'un ? Eh ! les négros ramollos ! »

Quand elle recouvrait ses esprits, elle suppliait Marcello de lui répéter les mots cruels qu'elle avait balancés. Elle m'évitait et se mettait à pleurer dans des torchons ou des pulls élimés ou des vieux bas en poussant des petits cris de souris. Elle jurait qu'elle s'en voulait tellement qu'elle aurait pu se trancher les veines, avaler des cachets et puis se cracher dessus. Elle assurait qu'elle ne comprenait pas pourquoi elle nous avait traités de négros puisqu'elle aimait les Noirs. Pour preuve, elle tirait d'un de ses albums une photo — toujours la même — aux coins cassés, sur laquelle souriait un nègre coiffé d'un calot. Au dos, il y avait écrit : « *1945, Henry, for ever...* » Faut rêver ! lisait Marcello. Lila secouait la tête et le reprenait : « C'est anglais, prononce "for évère" ! ça signifie : pour toujours... » Et dans le même élan, elle nous forçait à déchiffrer et admirer des tas de cartes de *Merry Chistmas* et *Happy New Year* que le beau Henry, New-Yorkais d'adoption, lui adressait depuis bientôt cinquante ans.

Elle embrassait la photo de Henry, nous demandait pardon, mille pardons, nous autorisant à détailler encore un peu le visage de la photo, avant de ranger soigneusement ses reliques. Puis elle disparaissait dans sa cuisine et battait des œufs en neige pendant un temps infini, pour préparer un gâteau de contrition qu'elle nous obligeait à manger en se tordant les doigts.

Henry avait rencontré Lila au lendemain de la Libération de Paris. Originaire de Saint-John, il avait été l'un de ces Antillais anglophones demeurant en Guadeloupe qui, rallié aux dissidents guadeloupéens, avait bravé les patrouilleurs de la *Jeanne* pour répondre à l'appel du général de Gaulle, offrir sa vie à la France libre et découvrir la terre d'Europe. À son arrivée à Paris, au lendemain de la Libération, Henry passait déjà pour un Américain avec son accent anglais, sa décontraction et son goût pour le chewing-gum. À cette époque, Lila n'attendait plus de nouvelles de Hans, son grand amour de guerre.

Ils s'aimèrent une année entière. Mais lorsque ni Paris ni Lila ne voulurent plus de lui, c'est tout naturellement que Henry choisit l'exil et l'Amérique, pour se bâtir une nouvelle existence. Ses yeux avaient vu trop de pays, trop de cadavres aussi, et il refusait l'idée d'aller s'enterrer dans son île, à Hamilton's Gardens où sa mère Jenny travaillait aux cuisines depuis des temps et temps. L'Amérique, c'était loin. Loin de la tour Eiffel et de l'Arc de triomphe qu'il avait admirés comme un enfant. Loin du Porte-Bonheur où Lila s'était pour la première fois assise sur ses genoux. Loin de sa couche douillette. Loin des regrets et de l'écho de tous les *for ever* qu'il lui avait soufflés au creux des reins, entre les seins. L'Amérique! avec un dollar, on pouvait miser sur la chance et rêver une fortune.

J'avais enfoncé mes deux mains dans mes poches et retiré le chapelet que m'avait offert Coraline, le jour de ma communion solennelle. Je l'avais pris pour réciter des « Notre Père » et des « Sainte Marie! Priez pour nous, pauvres pécheurs » pendant les obsèques de Lila. J'avais levé la tête, pour chercher des signes dans le ciel. Des nuages en forme de cœurs, des formes vivantes de bel augure. Mais c'était la mort de Lila qui s'était dressée devant moi, pareille à ces murs loqueteux, couverts de graffitis et de morceaux d'affiches arrachées qui, au fil des ans, avaient remplacé les murs sobres et gris de notre rue Danton.

Lila avait rendu l'âme six mois après notre retour de l'Amérique. Ce matin-là, elle s'était levée très fraîche, avec l'envie de manger un de ces plats de légumes que Henry préparait dans le secret de son restaurant The Kreyol, en plein Manhattan. Lila en était revenue avec la tête emplie de bonnes résolutions, la nécessité d'un grand nettoyage intérieur et surtout une passion subite pour la cuisine végétarienne. Elle voulait, je crois, quelque chose à base de brocolis, de riz complet, de poivrons, d'algues et de tofu. Le médecin l'auscultait chaque jour, mais elle était persuadée que l'alimentation allait sauver son vieux cœur. Elle se voyait débarquant à New York pour fêter *Christmas* avec Henry.

Elle avait promis... On avait nos billets pour New York... Mais Lila était partie pour un autre ciel. Elle nous avait quittés le 15 décembre

Hormis la guerre, Henry ne savait faire que la cuisine. Il avait grandi près des marmites et des casseroles de sa mère, Jenny, dans les vapeurs et les odeurs de gâteaux et friture de la cuisine des Mac Dowell, une des familles britanniques, parmi les plus fortunées de Saint-John, installée depuis quatre générations sur l'immense habitation de Hamilton's Gardens. Entrée très jeune au service de Mrs Mac Dowell mère, Jenny avait consacré sa vie aux Mac Dowell, et plus particulièrement à leur fils unique, George Mac Dowell, qui, à la suite de son père, s'était avéré un redoutable homme d'affaires. Il passait la moitié de l'année en Angleterre. Possédait une florissante usine de textiles à Manchester, des minoteries à Liverpool et des bureaux d'import-export éparpillés dans les colonies anglaises.

George aimait les femmes noires.

Elles avaient depuis toujours été dans ses parages, exposées à ses yeux, allant et venant sans corset, ni bas, ni jarretières, avec des caracos échancrés qui découvraient incidemment le bout d'un sein, des jupes larges qu'elles relevaient très haut sur les côtés pendant les corvées ménagères. Elles se baignaient nues debout dans des baquets derrière leurs cases. Enfant, il s'était souvent réfugié dans les jambes de Peggy Douglas, la cuisinière baptiste de Hamilton's Gardens, qui inventait des mots pour le consoler, lui racontait des histoires d'animaux débrouillards et des légendes nègres. Adolescent, il avait joué au docteur avec Suzan et Rose, les deux filles de Peggy. George et Suzan avaient même échangé des bagues taillées dans le bambou et promis de s'enfuir en Angleterre, pour se marier loin des regards glacés des antiques portraits qui recouvraient les murs de la vaste demeure de Hamilton's Gardens.

Et puis Jenny était arrivée, après Augusta, Meredith et Vanity, et tant d'autres petites négrillonnes, progéniture des pauvres gens de Saint-John qui se battaient pour les rares bonnes places dorées, dans les dépendances des riches Blancs, en ces habitations de fraîcheur et d'ombrage où l'on parlait à voix basse, marchait à pas mesurés et ne calculait ni les livres ni les *pence* d'un déjeuner. En des salons où le thé, servi à heure fixe les après-midi, était versé par des servantes aux gestes policés dont le visage ne devait trahir aucune émotion. Tabliers de fine dentelle. Gants blancs immaculés présentant d'une manière distinguée de petits *muffins* moelleux, piqués de fruits confits et de raisins de Corinthe, dans des assiettes en porcelaine anglaise. Négresses impassibles, invisibles au possible qui n'étaient rien que ces gants et ces tabliers blancs. N'entendaient rien des conversations de ces charmantes et très civilisées *ladies* qui échangeaient des petits mots sucrés-salés, organisaient des bals annuels ou des

26

tombolas, discutaient de leurs oeuvres de charité avant de murmurer des confidences, penchées au-dessus de leurs tasses. L'ambiance était feutrée, les rires égrenés et les gestes retenus. On se serait presque cru en Angleterre si, de temps à autre, des pensées fugaces, semblables à de vilaines mouches bleues, ne déposaient leurs pattes sales sur les petits gâteaux, faisant voleter dans les belles pièces aux parquets vernissés la vision de ces quantités de nègres bleus qui grouillaient au-dehors. Mauvais nègres suant dans les cannes, forniquant ou se tapant dessus, la bouche bondée d'injures, empuantie de rhum à cinquante-cinq degrés.

Tandis que ses filles étaient parties suivre des cours afin de devenir les premières institutrices noires et baptistes de Saint-John, Peggy Douglas enseignait à Jenny l'art culinaire. Peggy, engagée à l'âge de treize ans à Hamilton's Gardens, était réputée pour son savoir-faire allié à un sens inné de la pédagogie. Et Mrs Mac Dowell était fière de voir ses cuisines accéder au rang d'école. Un lieu réputé où, en un tournemain, sa Peggy transformait les jeunes négresses incultes en de sélectes cuisinières, des servantes « haut de gamme » qui pouvaient par la suite, avec une compétence certaine et de solides références, se placer aisément n'importe où dans la Caraïbe anglaise où Mrs Mac Dowell entretenait des relations.

« C'est chaque fois un vrai miracle, comme si Peggy faisait surgir une pierre précieuse d'une poignée de terre ! » s'exclamait Mrs Mac Dowell, avec un émerveillement sans cesse renouvelé.

En 1919, quand Jenny franchit pour la première fois le terrifiant portail de Hamilton's Gardens, George

Mac Dowell allait fêter ses seize ans. Jenny en avait quatorze. Et elle était bien de cette terre ingrate dont aimait à causer Mrs Mac Dowell. Le jour de son arrivée, écrasée par l'espace, elle ne put proférer un mot, seulement contempler, hébétée, et grimacer d'effroi, enfoncer davantage sa tête dans son cou, faire craquer ses doigts et s'emmêler les pieds. Lorsqu'elle posa le pied sur l'immense terrasse pavée de pierres taillées, son cœur battait si fort qu'elle perdit connaissance.

Une heure plus tard, revenant de Bridgetown, George la trouva au même endroit, inanimée, la tête en sang. Son corps était lisse et noir, strié de ces reflets de cuivre et de bronze qu'il aimait tant parcourir du regard ou du bout de ses doigts si blancs sur la peau noire. Il aurait pu la ramasser, appeler du renfort, voire la secouer. Mais il désirait juste poser ses lèvres sur celles de Jenny. Lèvres violettes entr'ouvertes. Besoin d'ajuster son corps au corps inerte et s'endormir sur elle, sombrer dans le même sommeil. Envie de déboutonner son corsage qui enfermait deux seins durs, fiévreux de connaître la lumière du jour. Relever la jupe pour sentir l'odeur de la petite bête sauvage qui se cachait dans la culotte.

Quand Jenny ouvrit les yeux, elle aperçut d'abord le visage de Michael — un des palefreniers de Hamilton's Gardens. L'homme, chabin à cheveux dorés, lui tapotait les joues. George Mac Dowell se tenait, quant à lui, trois pas en arrière, comme saisi, les bras ballants. Il ne risqua pas un geste au moment où Michael souleva Jenny, la porta jusqu'aux dépendances où les bonnes lui firent boire des tisanes et appliquèrent sur sa tête des cataplasmes de feuilles.

Dans les jours qui suivirent, Jenny parvint à s'habituer tant bien que mal aux fastes et grandeurs de Hamilton's Gardens, aux longueurs des vérandas, aux fenêtres palladiennes, au marbre de Carrare, aux plafonds lambrissés, aux parquets cirés... Et puis aux petites cuillères en argent, à la porcelaine, aux dentelles, au velours... Ici-là, tout brillait, tintait avec splendeur. Monde sans tache ni accroc, sans vêtements déchirés ni linge raccommodé. Enclos où la vie n'était jamais vécue dans l'urgence ni la peur de manquer. Mais Jenny n'avait pas de temps pour la contemplation. Elle ne considérait tout cela qu'à la sauvette, lorsqu'elle quittait les cuisines, marchant dans l'ombre de Peggy Douglas dont elle épiait chaque mouvement, pour apprendre au plus vite. Écouter avec application les conseils délivrés à mi-voix par l'ancienne qui détachait les mots les uns des autres, afin d'être bien comprise, ne pas avoir à répéter. Élève malléable et docile, Jenny était douée. Plus tard, elle devint la fierté de Peggy qui la compara souvent à son chef-d'œuvre, Vanity. Une négrillonne qu'elle avait formée et qui travaillait à présent, et pour de nombreuses années encore, à la Jamaïque, sur la plantation Good Hope, chez les incomparables Mr et Mrs Sharp.

« Tu feras mieux encore que Vany, j'en suis sûre. T'en as les capacités, affirmait Peggy, pourtant parcimonieuse en compliments. Et à la fin de ton apprentissage, dans trois ou quatre ans, tu pourras peut-être trouver une place de cuisinière principale chez un gouverneur ou un vice-consul, et prétendre à de bons gages. Pour Sa Majesté le roi George V de Grande-Bretagne, faudra encore patienter ! » concluait-elle, sans rire, en resserrant le nœud de son tablier sur ses fesses hautes et larges.

Peu après, Jenny se vit confier la préparation des petits gâteaux qui égayaient le thé des après-midi. Le soir à la bougie, elle eut le droit de feuilleter précautionneusement les cahiers de recettes de Peggy : trente ans de mijotages calculés, de délices doux-amers et de créations pour le seul bonheur des Mac Dowell.

George avait depuis l'enfance pris l'habitude de traverser les cuisines pour grignoter des sucreries, exiger de Peggy un *lemon juice*. Mais, depuis l'arrivée de Jenny, il était là chaque jour, usant tous les prétextes pour la revoir, s'emplir les yeux de son corps, sonder son regard. À l'époque, la simple vision d'un Mac Dowell faisait trembler Jenny. Et celui-là était pire que les autres... Il suscitait en elle des sentiments étranges. Elle espérait sa venue et s'efforçait d'éviter les rencontres. Elle mourait d'envie de le sentir près d'elle, tout en le tenant à distance. Elle cherchait à capter son regard sans croiser son sourire. Et le toucher, *God!*, le toucher surtout... Alors, elle l'attendait, furieuse contre elle-même et contre lui lorsqu'il apparaissait soudain, toujours affamé et assoiffé.

Peggy n'avait pas tardé à repérer le drôle de manège qui égrenait sa petite musique autour de ses fourneaux. Un jour, elle avait sermonné Jenny : « Je sais pas ce qu'il a dans le ventre, le fils Mac Dowell, mais si j'ai un conseil à te donner, c'est de pas même laisser tes yeux s'accrocher aux siens. C'est un brave garçon qui n'a rien contre nous, les nègres. Quand il était enfant, je lui disais nos contes. Il courait comme un chiot dans mes jambes avec mes deux filles, Suzan et Rose, qui sont presque sauvées, sur le point d'être nommées institutrices. Fais attention à toi, Jenny! Quand ils sont jeunes, y a rien à craindre des crocs des animaux de cette espèce ! Mais aujourd'hui, il approche de l'âge où les dents rallongent. Dents longues qui pourraient te mordre, Jenny ! Tu sais, avec le temps, ça leur pousse naturellement aux Blancs... Et aussi, ma pauvre fille, ce qu'il a dans son pantalon, c'est bien un jouet, mais il n'est pas en bois ! Et m'a l'air d'avoir des envies de ce que tu devines. Alors tiens-toi loin de lui, t'entends ! Corsage boutonné haut, jambes serrées !... Et marche pas sans culotte ! »

De ce jour, Jenny garda la tête inclinée et les paupières baissées dès que George pointait son nez dans la cuisine. Elle imaginait parfaitement les crocs démesurés dissimulés derrière ses lèvres roses et minces, et, surtout, voyait surgir et se dresser le jouet à l'intérieur de son pantalon. Pour chasser ces visions, Jenny n'avait qu'à fermer les yeux très fort et tous ces attributs diaboliques retournaient dans leur antre.

Associée aux prières de Peggy, la providence voulut que James Henry Mac Dowell décidât d'envoyer son fils en Angleterre, pour un an. Selon lui, il était nécessaire que George mette en pratique ce qu'il lui avait été enseigné. Ils avaient, en effet, passé des heures et des heures dans le secret de son immense bureau sur lequel s'entassaient les affaires en cours : une paperasse phénoménale, grouillante de chiffres que lui seul décryptait.

George avait dix-huit ans. La veille de son départ, il vint rôder une dernière fois dans l'office, « comme un chien qui marque son territoire », se rappelait Peggy quelques années plus tard. Elle racontait régulièrement cette histoire, gonflée de rage, impuissante, loin, bien loin des oreilles de Hamilton's Gardens, oubliant un moment qu'elle était la respectable cuisinière de Mrs Mac Dowell, oubliant qu'elle était une des plus dignes représentantes de l'Église baptiste, la pieuse et fervente Peggy Douglas, oubliant que ses filles Suzan et Rose étaient les deux seules institutrices noires de tout Saint-John.

Après avoir inspecté la cuisine en laissant traîner ses doigts sur les buffets, George ne trouva rien à grignoter. Alors il se précipita sur Peggy Douglas, lui passa ses bras autour des épaules, comme il l'aurait fait autrefois. Peggy se débattit mollement, juste ce qu'il faut, car elle maintenait son rang, se força à rire même si, ce jour-là, elle n'avait pas le cœur en joie. Surprise, Jenny leva la tête. C'est ainsi que son regard rencontra celui de George.

« Allez-vous me lâcher, monsieur George ? » implorait Peggy d'une voix enfantine, frappant ses pieds sur les dalles de terre cuite. « J'ai du travail, monsieur George ! » Malgré sa haute stature et son autorité naturelle, Peggy affectait souvent cette voix d'enfant en présence d'un Mac Dowell.

Mais George ne l'écoutait plus. De l'eau perlait dans les yeux de Jenny. Et il plongeait et nageait dans cette eau. Il se voyait capitaine d'un navire qui voguerait sur cette mer-là. S'imaginait découvreur de nouveaux mondes, perdu dans cette immensité. Il aurait aimé prendre Jenny par la main, la soustraire à Hamilton's Gardens où tout était si pesant, empesé de convenances, britannique jusqu'au ridicule. Un prisonnier, il n'était rien d'autre que cela ! Pieds et poings liés à sa condition, aux privilèges que lui conférait sa peau blanche... Mais il demeurait un Mac Dowell, alors il se ressaisit et quitta l'office à la course, criant : « Attends-moi, petite Jenny ! Promets de m'attendre ! Je reviendrai...

— Ils savent qu'ordonner, ces gens-là ! avait répondu Peggy, se parlant à elle-même, avec amertume et dépit. Ils veulent la sueur de ton front et aussi ton front pour qu'ils y marquent que tu es leur propriété, et pas que ton front : il leur faut en plus ta tête pour qu'ils y fourrent leurs propres idées. Et puis prête-leur tes bras et tes jambes, et ce qu'il y a en dedans de tes cuisses ! Et c'est pas suffisant, offre-leur ton cœur et chéris-les plus que tes pauvres parents qui ont trimé pour te sortir de la misère... Allez ! Bon vent, monsieur George ! Bon voyage, et Dieu vous protège et le roi aussi ! » déclara-t-elle enfin à mi-voix, en guise de conclusion.

C'est ainsi que les paroles de George se nichèrent dans les pensées de Jenny. Et rien ne put jamais les décrocher. Elle l'attendit l'année entière, se dégourdissant peu à peu dans la cuisine de Mrs Mac Dowell. Le cœur content, bondé, repu de rêves, elle riait et chantait du matin au soir. Chaque repas préparé pour les Mac Dowell était empreint de cette félicité. Les plats cuisinés clamaient son nom : Jenny ! Les viandes rôties qui, pourtant, avaient toujours été la spécialité de Peggy Douglas, célébraient aussi son nom : Jenny !

« Jenny ! vous êtes un miracle de la nature ! » s'exclamait Mrs Mac Dowell, en croquant dans les petits gâteaux parfumés à la vanille ou au gingembre. « Dieu est puissant, oui ! Et je crois qu'il ne faut pas désespérer de votre race ! »

Jenny avait changé. Ses formes s'étaient épanouies dans sa seizième année. On la trouvait grandie, alors qu'elle s'était juste redressée, marchait la tête droite et portait

33

haut les seins. Les nègres de Hamilton's Gardens se bousculaient à présent autour d'elle. Et Michael, le palefrenier favori de Mr Mac Dowell, celui qui l'avait secourue le jour de son arrivée, la demanda même en mariage.

Peggy appréciait Michael. Baptiste comme elle, le chabin chantait à la chorale de l'église avec la même ferveur depuis son plus jeune âge. Bien que Jenny ne parlât jamais de Monsieur George à Peggy, celle-ci savait. Elle avait assez vécu sur cette terre pour discerner un emballement de cœur, un sursaut de chair ou un quelconque tourment de l'âme. Elle se doutait bien que Jenny n'éprouvait rien de cela pour Michael, mais elle poussa l'un à formuler sa requête et pressa l'autre d'accepter. C'était, à son avis, le plus sûr moyen d'arracher Jenny à l'envoûtement de George Mac Dowell, à la déception et aux désillusions futures.

De son bout de vie passée à Hamilton's Gardens, Jenny n'avait jamais rien refusé à Peggy Douglas. Elle ne sut résister à son sermon et promit d'épouser Michael avant la fin du mois de décembre. Catholique baptisée, elle entama aussitôt des études bibliques pour se convertir à la religion baptiste, entrer dans la vraie foi et déloger de son esprit les paroles du jeune Mac Dowell, qui était un Blanc, fallait jamais oublier ça !

« Qu'est-ce qu'il fera pour toi, Jenny ? Rien de rien. Dieu est témoin, j'ai tout tenté pour t'enlever ces espérances du crâne ! Les Blancs avec les Blancs ! Les Nègres avec les Nègres, Jenny ! Et la terre continuera de tourner rond... »

Michael n'était pas un Nègre, mais un chabin très clair, avec les cheveux crépus, couleur de paille sèche. Peggy le rangeait quand même dans la charrue des Nègres, parce qu'il était de ceux qui servaient les autres, courbaient l'échine et ne savaient qu'obéir. Ceux qui étaient sortis de cases infâmes, des champs de canne, des cales noires, ceux qui chantaient alleluia! avec elle dans le chœur de l'église baptiste et vivaient dans l'espoir du soleil d'un autre ciel. La mère de Michael, Négresse du district de Holton, travaillait comme femme de chambre à Greenfield Park, sur la sévère habitation de sir Brandon Robinson. Ce très fin gentleman, homosexuel notoire, résidait à présent davantage en son château de Shrewsbury, en Angleterre, que sur l'île de Saint-John où, d'après les dires de son médecin, le climat chaud et humide ne lui convenait guère. Le père de Michael était inconnu, mais on chuchotait qu'il s'agissait du propre frère de sir Brandon, un joueur impénitent qui s'était autrefois retiré à Greenfield Park, pour se cacher de ses créanciers londoniens.

Encouragés par Peggy, les jeunes gens se fiancèrent en catastrophe, trois jours avant le retour de George. Cela s'organisa sans grande cérémonie; juste un *plum pudding* et un baiser bâclé sur la joue. Car Jenny et Peggy s'affairaient déjà dans les dépendances, préparant fébrilement le somptueux dîner qu'offrait, en l'honneur de George, Mrs Mac Dowell à ses amis les plus chers. Soixante couverts! Plus de vingt plats! Des négrillonnes réquisitionnées sur toute l'habitation pour exécuter les corvées domestiques, tandis que Peggy et Jenny excellaient dans leur art.

George avait grandi, forci en carrure et en voix, mais l'Angleterre l'avait rendu verdâtre. Il était devenu le portrait de son aïeul maternel, Jonathan Whitworth, qui trônait au salon dans son cadre doré à l'or fin depuis bientôt cinquante ans. George était de retour chez lui, à Hamilton's Gardens, et tout n'était qu'éblouissement, surprise et découverte. Il ne s'imaginait plus en d'autres lieux sur la terre, seulement près de ses Nègres et Négresses. Surtout ses Négresses qui l'avaient lavé et bichonné, nourri et gâté, servi et bordé, jour après jour, pendant les belles années d'enfance. Il n'aspirait plus qu'à retrouver leur sollicitude, leur grâce, leurs mains noires sur sa peau blanche, leur sourire toujours un peu inachevé, leurs paroles fatalistes.

Il se présenta vers les six heures, au moment où la cuisine était en grande effervescence : vapeurs parfumées, cris d'angoisse, histoires de sauces tournées, calamités imminentes embusquées au fond d'une casserole, confitures à surveiller, va-et-vient de marmites fumantes et crainte de brûler une volaille rôtie... D'abord, il alla embrasser Peggy qui mima les gestes de bienvenue tout en le repoussant. Il y avait là tant de femmes noires rassemblées qu'il se crut projeté dans un des rêves qu'il faisait à Londres. Chacune portait un mouchoir blanc sur la tête. Leur peau luisait de sueur. Il y avait tant de seins qui remuaient. Tant de fesses bombant les jupes d'une manière autoritaire. Tant de bras, de jambes et de cuisses noires mêlés. Une forêt de corps !

Il reconnut Jenny à ses yeux.

Pareils à ceux qui l'avaient ému l'année précédente, emplis d'eau. Ils disaient : « Je t'ai attendu, sir George Mac Dowell. Je suis à toi pour l'éternité... »

Le dîner fut un triomphe et dura près de six heures. Un calvaire pour George qui se voyait, sous le regard des

36

convives, noircir à mesure qu'il songeait au corps de sa Jenny. Comme si ses coupables pensées suintaient, s'étalaient et croissaient par taches brunes sur sa peau. Mais personne ne remarquait son trouble. Les conversations étaient de bon ton dans le tintamarre des couverts. Et lui-même donnait le change avec brio. Il fit honneur à ses parents en racontant d'une manière très spirituelle les aventures cocasses qui lui étaient arrivées avec ces incroyables Anglais d'Angleterre qui ne s'avéraient pas des modèles à suivre. Il était pourtant devenu un homme là-bas, dessous le *smog* londonien. Et sa mère, Elizabeth Mac Dowell, pensait sérieusement lui choisir une épouse parmi les jeunes filles les plus fortunées qui, en l'île, se comptaient sur les doigts d'une main.

Plus tard, à l'heure où les esprits de la nuit désertaient les jardins de Hamilton, George ouvrit les yeux, sauta de son lit et s'en alla gratter comme un chien à la porte de Jenny. La chance l'accompagnait. Gloria, qui d'ordinaire partageait la case, avait rejoint un dénommé Eliott Pigmare, nègre de l'habitation Blue South qui ne se frottait qu'aux servantes et autres femmes de chambre des riches habitations de Saint-John. Au moins quinze enfants le surnommaient *Daddy Pig*. Et c'était vrai qu'il avait quelque chose du cochon avec ses oreilles pointues, son sourire tragique et son ventre grassouillet. Mais, on ne savait pas bien pourquoi, sans sorcellerie ni artifice, il attirait l'amour des femmes.

Jenny était rentrée quelques instants plus tôt. Il avait fallu ranger la cuisine, les porcelaines et le cristal. Elle s'était d'abord assise sur le bord de son grabat, puis avait laissé basculer le haut de son corps, tout habillée, les deux bras lourds, la nuque raide et la tête encore bourdonnante de ces trois jours de frénétiques préparatifs. Ses pieds étaient enflés et elle n'avait pas la force de les ramener sur la couche. Dormir, voilà ce qu'il restait à faire, se disait-elle. Lorsque George surgit d'un coup dans ses pensées, elle sursauta et, pour se préserver du péché, commença aussitôt à répéter :

« Fiancée ! Je suis déjà fiancée ! Oh ! *God !* Ramène à Toi la brebis égarée !... »

Alors que la silhouette de George s'imposait de plus en plus à son esprit, elle écarta les cuisses et tenta d'appeler Michael à son secours. Michael, l'époux que lui avait trouvé Peggy Douglas. Mais Michael n'apparaissait même pas dans l'ombre de George dont la présence était écrasante.

« Fiancée ! Fiancée ! je suis fiancée à Michael ! »

Affalée là comme une poupée de chiffon, elle semblait anéantie. Mais dans son corps, une tempête soulevait et brisait les nombreux échafaudages qu'avait érigés Peggy, avec grande persévérance, paroles rabâchées et foi en Dieu... « Les Blancs avec les Blancs, les Nègres avec les Nègres et la terre continuera de tourner rond... Tu m'entends ! Jenny ! Il fera rien pour toi ! »

Jenny essaya d'attribuer des défauts à George pour se dégoûter de lui, repousser son visage. Elle l'injuria, déterrant des mots sales dont elle n'avait plus usé depuis qu'elle vivait à Hamilton's Gardens. En imagination, elle le frappa, se moqua de son teint verdâtre. Mais c'était comme si elle l'avait invoqué. Il se trouvait soudain derrière la porte, chuchotant son nom, suppliant qu'elle lui ouvre son cœur.

Si Mrs Elizabeth Mac Dowell avait vu son fils, ce soir-là, gratter la porte de Jenny — son miracle quotidien —, elle aurait sans doute suffoqué, omis de respirer et sa vie se serait évanouie sur-le-champ. Grâce à Dieu, elle dormait paisiblement dans ses appartements, sur ses trois matelas de coton, dans son immense lit d'acajou à colonnes torsadées, couvée du regard figé et compatissant par ses vieilles tantes défuntes qui avaient posé pour le même peintre vingt-cinq années plus tôt. Son souffle était régulier et son sommeil traversé par les visages pâles de jeunes filles défilant devant elle. Sourires de vierges immaculées dessous des parasols fleuris parés de dentelles.

Jenny ne sursauta pas lorsque George poussa la porte. Tout s'inscrivait dans l'ordre des choses. Il y avait toujours eu entre eux deux des liens invisibles. Ils n'eurent que peu de mots à échanger. Ils avaient surtout besoin d'être l'un dans l'autre. Au plus profond. Envie de mêler leurs salives, leurs bras, leurs jambes, leurs sangs. Se toucher. Se caresser. S'embrasser encore et encore. Il tétait ses seins. Les suçait jusqu'à en tirer le lait même de l'amour. Puis il retenait dans sa bouche la petite bête sauvage aux poils noirs qu'elle serrait entre les cuisses. Et Jenny qui n'avait jamais esquissé les gestes de l'amour les créait naturellement avec lui, les inventait pour lui. Elle s'abandonnait, se repaissait. Se cabrait et ondulait avec George Mac Dowell. Il n'y avait plus de grabat, plus de terre battue, plus de bougie plantée à même le sol. Rien que Jenny et George. Des baisers d'une faim violente. De la sueur. Des plaintes. Des mots de feu qui auguraient un amour infini, éternel, étalé en pleine lumière. Des caresses qui assuraient que leurs deux corps ne pourraient plus se séparer, semblables aux deux côtés symétriques de ces cœurs découpés et dépliés en guirlandes suspendues dans l'église baptiste de Peggy.

Quand Gloria les découvrit au matin, endormis, arrimés l'un à l'autre, elle refoula ses cris. Trois jours plus tôt, elle avait, sous le regard autoritaire de Peggy Douglas, partagé avec Jenny et Michael le modeste *plum pudding* des fiançailles.

Gloria tira Jenny par un orteil. Mais c'est George qui s'éveilla le premier. Il se redressa tel un naufragé sur son radeau dérivant en pleine mer. Pauvre homme qui aperçoit soudain, découpés sur l'horizon nu, des îles et des continents inconnus. Il avait l'air ahuri, heureux et sonné. Abasourdi, il ne put que marmonner : « Oh ! » comme s'il était arrivé à destination, « Oh ! », surpris que le voyage soit déjà terminé. Il enfila ses vêtements à la hâte. Et prit la fuite.

Au-dehors, Nègres et Négresses étaient nombreux à s'activer autour des dépendances. Tout le monde le vit. Sortir de la case de Jenny. Détaler à grandes enjambées. Sauter par-dessus les bassines d'eau savonneuse où trempaient les nappes brodées du dîner. Échapper aux crocs des chiens qui se disputaient les os des gigots. Manquer glisser dans les herbes mouillées par la rosée. S'élancer avec sa chemise ouverte qui flottait dans son dos, son pantalon à l'envers et ses cheveux blonds retombant sur son front. Courir aussi sous les yeux plombés de Michael, l'infortuné, qui entendait déjà le nom de Jenny passer de bouche en bouche dans les rires blessés des Nègres de Hamilton's Gardens.

40

Deux heures plus tard, George était attablé devant son *breakfast*, buvant à petites gorgées un darjeeling. Lavé, cravaté et costumé, rassemblant entre ses doigts des miettes par petits tas sur la nappe, il écoutait distraitement sa mère à qui la nuit avait révélé une certaine Kathleen Wolsey.

« Un excellent parti, George ! Penses-y...

— Mère, je ne songe pas au mariage. Cette Miss Wolsey est sans doute une exquise personne. Mais, si vous le permettez, j'ai besoin de quelques années supplémentaires pour me familiariser avec le monde des affaires.

— L'un n'empêche pas l'autre, George !

— Mère ! » Et il pouffa en déposant sa tasse. « Je ne connais même pas cette pauvre Kathleen. Qui vous dit qu'elle voudra de moi ?

— Pauvre ! Il s'agit là d'une riche héritière, George, fille unique de surcroît, tu le sais bien... Elle serait parfaite...

— Mère, pardonnez-moi ! Mais je viens de rentrer d'Angleterre... Vous ne me laissez même pas le loisir de reconquérir Hamilton's Gardens... »

Il se tut sur ces mots. Derrière les fenêtres palladiennes, le soleil jouait dans le feuillage des arbres centenaires. George sourit au souvenir des chiens qui avaient bien failli planter leurs dents dans ses mollets, alors qu'il rejoignait la maison au pas de course.

« Promets-moi d'y réfléchir, George ! Cela me ferait plaisir. J'en parlerai à ton père au dîner et...

— Je vous en prie, Mère. Il n'en est pas question ! » coupa-t-il, l'esprit tout à coup traversé par un de ces Nègres d'autrefois déchiré sous les crocs des chiens. Un

41

Nègre haletant amputé d'une main, avec le visage couvert de cicatrices anciennes mal recousues et de plus fraîches, sanguinolentes. Lorsque les chiens l'eurent lâché, des fouets le firent danser devant des hommes blancs qui, tout autour, ricanaient tandis que le Nègre hurlait, dansait, tournait et sautait, mendiant la pitié des hommes, de Dieu et de la mort aussi.

Cette scène se déroulait à une époque que George n'avait pas connue. Mais, dans ses cauchemars, il lui arrivait souvent d'assister à de terribles spectacles comme s'ils hantaient encore les lieux, les imprégnaient, les maculaient, taches rebelles éternelles sur Hamilton's Gardens. Parfois, il suffisait juste de tendre l'oreille pour ramener des cris du temps jadis, superposer aux contes de son enfance les blessures des siècles d'esclavage. Alors, des clameurs infernales s'élevaient pour emplir brusquement d'horreur les silences complices de l'habitation. Elles déboulaient, telles des hordes en furie. Et fallait voir le monde enchaîné là, leurs yeux de bêtes traquées. Fallait voir les Nègres pendus aux branches de ces beaux arbres, imperturbables, qui feignaient d'avoir perdu la mémoire, tandis que leurs feuilles frissonnantes dans les alizés chuchotaient sans fin les noms de Percy, Garry et tant d'autres...

« Pauvre Michael! On parle que de ça, Jenny! La honte que tu lui as infligée! Pauvre bougre! Méritait pas ça, Michael... Sitôt que j'ai eu le dos tourné, t'avais déjà enterré tes fiançailles... »

Tête baissée, les mains entortillées derrière le dos, Jenny se tenait bien droite devant Peggy.

« Tu sais pas que l'esclavage est aboli depuis les années 1800 et quelque. Tu sais pas que t'es quelqu'un qui peut dire non ! Tu sais pas ça, hein ! T'avais le droit de refuser... Non ! Sir George ! Je suis fiancée à un gentil garçon qui se nomme Michael Landworth et qui est bien brave. Et faudrait pas que vous lui fassiez honte, parce que son cœur va se rompre. Il s'appelle Michael, sir George, et j'ai le droit de vous découper au couteau ce qui vous démange, sir George... J'ai le droit de vous briser votre petit jouet... Hein ! Jenny, t'as rien trouvé à redire. Tu t'es couchée là et tu lui as donné tout ce qu'il était venu chercher... Ah ! *God !* Je sens ces choses-là, c'est pas croyable et faut pas beaucoup de fumée... Qu'est-ce que je t'avais appris, Jenny : les Nègres avec les Nègres, les Blancs avec les Blancs et la terre continuera de tourner rond...

— Les Nègres avec les Nègres, les Blancs avec les Blancs, répéta Jenny en écho, presque mécaniquement, comme ces versets de la Bible dont elle ne comprenait pas les mystères mais — elle en avait la certitude — qui signifiaient quelque chose d'essentiel quant à la vie sur terre et promettaient l'éternité dans un autre ciel.

— Oui, parfaitement : les Nègres avec les Nègres ! Et pas laisser accoster un Blanc ! grogna Peggy en donnant un coup de cuillère en bois sur le coffre à farine.

— Les Nègres avec les Nègres, les Blancs avec les Blancs ! Mrs Peggy. Et pas laisser accoster un Blanc... Les Nègres avec... »

Jenny savait bien qu'elle avait mal agi envers le pauvre Michael... Rien qu'en y songeant, elle avait un nœud qui se formait au creux de l'estomac... Pauvre Michael ! Le seul fait d'associer toujours Michael à ce « pauvre » la chamboulait. Pauvre Michael, cette chaîne que Peggy et elle-même accrochaient systématiquement à son nom... Pauvre Michael! dont l'infortune était immense et inscrite dans chaque pli du visage de Peggy, dans sa bouche tordue de dépit, dans ses yeux qui reflétaient la haine ainsi que la désolation. Pauvre Michael!

Effondrée, sans éprouver le moindre remords, Jenny se mit à pétrir avec plus d'énergie la pâte des petits gâteaux aux fruits de cinq heures, se répétant que Peggy avait raison : « Les Nègres avec les Nègres, les Blancs avec les Blancs! » Hélas, d'autres pensées débridées enjambaient cette logique forgée dans l'histoire de Saint-John et dressée comme les hautes barres de fer de l'imposant portail de Hamilton's Gardens. Et Jenny se disait que la terre avait pourtant continué de tourner rond pendant que George Mac Dowell et elle se donnaient l'un à l'autre. Le jour s'était levé. Avec le même soleil. Elle avait trouvé Mrs Peggy derrière ses mêmes casseroles... Elle sentait encore les mains de George sur sa peau, son souffle et ses baisers. Elle ne regrettait rien de sa nuit. En peu de mots, ils s'étaient tout promis. En son for intérieur, dans les sombres ravines où l'amertume de Peggy Douglas ne descendait pas, Jenny était sereine et calme. Sa bouche mâchonnait les paroles de repentance qui lui étaient ordonnées, mais son cœur battait pour George Mac Dowell.

« J'irai parler à Michael, déclara Peggy en essuyant son front. Je mentirai pour toi, Jenny. Après, tu répéteras comme moi, hein! Que sir George avait bu.

— Oui, qu'il avait bu.

— Qu'il ne savait pas où il était.

— Oui, qu'il ne savait pas où il était, Mrs Peggy.

— Qu'il est tombé par terre, au pied de ta couche.

— Oui, qu'il est tombé par terre au pied de ma couche...

— Et que vous n'avez rien fait. Rien de rien!!! Rien de rien!!!

— Rien de rien! murmura Jenny en hésitant. Rien de rien! On n'a rien fait, Mrs Peggy.

— Et tu vas le jurer sur la Bible! Et tu vas te marier avec Michael et pas lambiner à le contenter. Et si l'autre a semé quelque chose, vu que Michael est chabin, on remarquera pas la différence... », assura Peggy, en brandissant comme une croix sa cuillère en bois.

Hélas, Jenny n'eut pas à réciter un seul de ces mensonges. Michael lui épargna cette peine. Le lendemain matin, trois Nègres dépendaient son corps de la plus grosse branche d'un des quatre centenaires plantés devant la véranda de Hamilton's Gardens.

On ne l'avait pas croisé de la journée. Furieux, ignorant le drame, sir Mac Dowell père avait envoyé des gens le chercher sur toute l'habitation. Michael s'était enfui sur Colombus, son superbe étalon que personne — pas même George — n'était autorisé à monter. Michael avait galopé très loin de Hamilton's Gardens, poussant le cheval toujours plus rageusement. On dit qu'il avait réussi à faire sortir du feu des sabots de Colombus. On l'aperçut à la même heure en trois endroits différents. Devant Greenfield Park où sa mère était employée. Là, il sonna la cloche et disparut aussitôt, le visage couvert de larmes et de sueur mêlées. À Bayside, ses cheveux jaunes dressés sur la tête, il quémanda une gorgée d'eau à un jeune garçon du sud de River Rocks. Et puis, face à la mer, invoquant le soleil couchant, il hurla sa douleur. Certains virent son âme se détacher et s'envoler, tandis que son corps inanimé restait assis sur le dos de Colombus. D'autres racontaient qu'il était mort depuis le matin, lorsqu'il avait entendu le nom de Jenny passer de bouche en bouche, accolé à celui de sir George. Son âme l'avait quitté à cet instant. Michael avait eu beau galoper toute la journée à sa poursuite, il n'était jamais parvenu à la rattraper. Et les plus avertis prétendaient que Jenny pouvait d'ores et déjà être soucieuse, car l'âme tourmentée de Michael ne se lasserait jamais de tourner autour d'elle.

Michael n'avait regagné Hamilton's Gardens qu'à la nuit tombée. Il avait fait trois fois le tour de la grande maison, avant de lancer sa corde à une branche. Il avait dû procéder à une gymnastique incroyable pour réussir à se pendre. Grimper dans l'arbre. Se nouer la corde au cou. Se tenir debout sur Colombus. Et puis sauter. Se lâcher. Ses pieds pédalant un instant dans le vide.

Le lendemain matin, avant de le décrocher, on commenta longtemps la manière dont Michael en avait fini avec la vie. Les gens jetaient des regards inquiets à Colombus, le seul témoin de ce dernier voyage, qui, l'œil clair, à quelques pas, broutait de la mousse verte. On ne trouva qu'un oiseau mort dans la poche de Michael. Bien raide, comme Michael, mais avec les pattes repliées et les ailes froissées. Un oiseau qu'on pouvait tenir dans une main fermée. À sa vue, chacun pensait aux esclaves Percy et Nanny qui étaient des gloires dans les cases nègres de l'habitation.

Ces amants d'un autre temps avaient préféré la mort à la séparation. Mais leur amour avait été si fort, disait-on, qu'il ne s'était pas éteint avec eux. Il avait continé à vivre dans le corps d'un oiseau.

Pendant trois jours, jusqu'aux obsèques, Peggy ne souffla pas un mot à Jenny. Elle contint son chagrin amarré en elle. Chagrin qu'elle nourrissait de pensées ressassées, triées et douloureuses. Souvenir de Michael enfant exultant dans le chœur de l'église. Ses petites chaussettes blanches grimpées jusqu'au ras des genoux. Pauvre Michael! La façon qu'il avait d'écarquiller les yeux quand il chantait les cantiques, forçant l'assemblée des fidèles à déposer le poids de leur misère pour marcher dans les lumières de l'espérance. Pauvre Michael! Le *plum pudding* des fiançailles. Ses longs doigts aux ongles bleutés. Pauvre Michael! Il ne s'épanchait guère, mais il assurait que sa vie était tracée bien droite devant lui jusqu'à la maison de Dieu. Il se projetait dans le futur avec une belle famille. Pauvre Michael, il se voyait même dans sa vieillesse, avec sa brave Jenny, entouré de petits-enfants… Peggy se souvenait sans fin et muselait la souffrance en elle. Ne la partageait pas. Cette douleur lui appartenait. Lui faisait du bien et la confortait dans l'idée de la maudition de sa race.

« C'est le père de l'enfant que tu portes qu'on a enterré y a trois mois de ça, annonça-t-elle à Jenny lorsqu'elle comprit que la fille était grosse. Tu raconteras ça à tout le monde et même à celui qui te visite chaque nuit.

— Je peux pas répéter ça, Mrs Peggy, protesta Jenny.

— Pourquoi tu peux pas ? s'écria Peggy en sursautant, peu habituée à ce qu'on la contredise.

— Mais tu sais bien, Mrs Peggy...

— Tu crois qu'il va te marier ?

— J'ai pas dit ça...

— Alors quoi ? » s'écria Peggy en lâchant son corps sur un banc.

Elle dévisagea Jenny comme elle ne l'avait plus fait depuis la mort de Michael. « T'es timbrée, ma pauvre fille. » Elle esquissa un sourire dépité. « Tu crois qu'il t'aime, George Mac Dowell. Tu crois qu'un Mac Dowell peut s'écarter de son rang pour une petite Négresse. T'es rien d'autre qu'un de ses vices. Tu sais, y en a qui s'en retournent toujours au buffet où se trouve la bouteille de whisky. Ils peuvent pas s'en empêcher. Eh ben ! fourre-toi bien ça dans la tête, Jenny. Il vient à toi comme il serait allé au buffet qui cache le scotch du vieux James Henry Mac Dowell, par vice. Il te prend. Il boit à ton corps jusqu'à la dernière goutte. Jusqu'à tituber et voir tous les animaux de la Grande Arche, jusqu'à vomir ses entrailles. T'es seulement le vice de George Mac Dowell, Jenny. Est-ce qu'on épouse une bouteille, Jenny ? Non, on la tient enfermée dans la noirceur d'un buffet. Et on la sort quand y a personne qui épie, Jenny. On sait que c'est un vice, alors on en a honte, Jenny ! Et le pauvre Michael est mort à cause de ça... T'as pas entendu parler de mariage entre Blancs ces jours-ci ? Faut écouter, ma fille ! Eh ben ! quand un de ces soirs il sera revenu téter à son vice, demande-lui avec qui il se marie. Et rappelle-lui aussi que les vices engendrent des petits. Et qu'il aura bientôt un héritier Mac Dowell à présenter à sa mère. »

48

Cette nuit-là, George s'effondra sur l'épaule de Jenny. Il pleura la vie versée dans le corps de sa Négresse, en ces moments où l'amour devenait si violent que les veines enflaient soudain à ses tempes, formant des sortes de lézards verts étranges et douloureux. Ses mâchoires se raidissaient. Il incarnait un autre George Mac Dowell, libéré de ses parents, les descendants de ces planteurs esclavagistes qui, immortels et austères sur les murs, posaient leurs regards sur chacun, surveillaient, jugeaient, inspiraient Hamilton's Gardens. Ce George-là, extasié, pénétrait le corps de Jenny comme il serait entré dans un bois interdit. Et tout l'amour qu'il éprouvait pour elle apaisait ses visions, lui faisant miroiter les lumières d'un chemin de guérison. S'ils n'avaient guère commenté la mort de Michael, George et Jenny y songeaient chacun de son côté, toujours avec la gêne que procure le remords.

Est-ce qu'on épouse une bouteille, Jenny ?

Parce qu'il était le digne fils de son père, James Henry Mac Dowell, et de sa mère, la très honorable Elizabeth Mac Dowell, fervente catholique, dont, par sa grand-mère, l'arbre généalogique mêlait ses feuilles et ses branches à celui de la reine Victoria Ire, il autorisa sa famille à demander pour lui la main de Kathleen qu'il épousa en 1923.

Non ! le whisky, on l'enferme dans la noirceur d'un buffet...

Très blanche, délicate et infiniment diaphane, Kathleen était la fille du vénéré Edward Wolsey, troisième du nom, veuf, amateur d'art, spécialiste de Shakespeare, rentier, pingre et propriétaire en Écosse d'un haras somptueux où l'on élevait des chevaux d'exception que s'arrachaient les familles nanties d'Europe. Son grand-père avait investi une fortune dans la construction du canal de Suez, au moment où Lesseps rencontrait les pires difficultés. De ce fait, Kathleen s'était passionnée pour l'Égypte.

La bouteille de whisky, c'est qu'un vice! On en a honte, Jenny!

Henry naquit au mois de décembre de la même année. Il grandit à Hamilton's Gardens, dans le respect de Michael, son supposé défunt père, et dans l'amour que Jenny, sa mère, vouait à l'art culinaire. À New York, derrière ses fourneaux, Henry devint un maître à l'instar de Jenny. Et avec le temps, il se rendait compte qu'il avait sans doute recherché tout au long de sa vie à recréer l'ambiance et les odeurs des cuisines de Hamilton's Gardens. Après avoir quitté Lila et Paris en 1946, il avait ouvert son premier restaurant créole à Houston et épousé Lana, une mulâtresse de Trinidad. Lana rêvait de New York. Ils étaient donc montés dans le Nord en 1952. The Kreyol Food, fondé sur la Troisième Rue, avait aussitôt attiré une solide clientèle de Caribéens et de Noirs américains. En 1970, Lana était morte d'un cancer des poumons, le laissant seul avec quatre enfants. Trois garçons, une fille.

Et puis, en 1972, Henry avait redéménagé le restaurant. Au retour de ses courses, un jour de l'été indien, il s'était engagé dans une rue qu'il ne fréquentait pas d'ordinaire. Des badauds, massés devant ce qui ressemblait à une échoppe d'antiquités, achetaient des petites choses futiles, défraîchies ou ébréchées, des flacons de parfum, des trousses de toilette, des tasses et des petites cuillères. Le local aussi était à vendre. Guidé par les rais du soleil, Henry avait traversé la boutique pour découvrir une cour intérieure habitée par des oiseaux de la ville. « Un coup de foudre ! » expliquait-il à ceux qui regrettaient le Kreyol Food de la Troisième Rue.

Il s'était déclaré végétarien après qu'on lui eut énuméré tous les méfaits de la viande. Les premiers hommes avaient marché sur la lune. On se trouvait au lendemain des grandes manifestations pour les droits civiques. Le mouvement hippy s'épanouissait. Martin Luther King était déjà un mythe. La guerre au Vietnam faisait la une du *New York Times*. The Kreyol Food s'appelait dorénavant The Kreyol.

Autrefois, en Guadeloupe, j'ai eu une autre mère.
Noire.
Aussi noire que Lila était blanche.

Quand elles occupaient ensemble mon esprit, elles étaient sans cesse jetées l'une contre l'autre. Deux billes ennemies qu'on rêvait de voir exploser en mille éclats. Noire contre blanche. Blanche contre noire. Toujours recommencer.

Cette mère-là aussi avait les os des mains raides. Plus durs que ceux de Lila. Les ongles jaunâtres et taillés ras. Le blanc de ses yeux noirs très blanc, effrayant. Les lèvres violettes allongées et pointues comme un bec. Elle était haute, desséchée, cou tendu. Elle marchait pareille à ces femmes qui ne possèdent rien, n'espèrent plus attraper une chance en ce monde. Elle allait du même pas au-devant de tout ce qui l'attendait, bon ou mauvais, sans sourire, sans pleurer, deux plis fouillés sur le mitan du front.

Apparemment endurcie à la vie, Noémie avait su donner le change. On la voyait solide, mais elle était fragile. Fendillée et cabossée en dedans. Et cela, bien avant de perdre son mari et l'enfant qu'elle portait.

Elle était là dans la vie, les bras ballants. Fière et digne, sans plus savoir pourquoi. Fierté qui la tenait droite comme dans un corset. Elle mangeait de la terre, entendait des voix, chassait des formes invisibles qui volaient devant son visage. Elle parlait de Robert et de son petit garçon mort. Croyait qu'ils étaient vivants, guettait leur retour. Elle semblait n'avoir ni attache ni entrave, et cela conférait de l'élégance à chacun de ses gestes, une sorte de royale légèreté.

C'était ainsi qu'elle m'avait déposée un jour chez Coraline et Judes, à Pointe-à-Pitre. Tout le monde s'était assis sous la véranda dans les fauteuils en osier. Anne-Lise, la bonne, avait servi une orangeade glacée. Je me souviens comment les mots défilaient au-dessus de ma tête. Et tandis que ceux-là, délicats et charmants, qui allaient devenir mes parents, me caressaient les joues et les cheveux, Noémie leur avait soufflé : « Il y a neuf ans de cela, avec Robert, on l'a appelée Sybille. Mais ça ne fait rien si vous avez envie de changer son nom. Faites comme vous voulez. Maintenant, elle est à vous. Robert n'a rien dit contre ça. Il a son petit garçon qui lui chauffe le cœur... »

Voilà ce qui m'était resté de ses paroles. Après, elle n'avait pas eu d'autres mots à partager. Elle avait observé le ciel, fixé le soleil étrangement. S'était levée. M'avait donné un baiser sur le front. Ses lèvres étaient pointues et sèches, ses doigts rêches. Son regard m'avait traversée une dernière fois. Et puis elle s'était éloignée, portée par le vent, souveraine et aérienne dans sa robe à fleurs qui s'enroulait autour de ses longues jambes noires. Poussée loin de moi, avec ses deux bras qui se balançaient de chaque côté de son corps, semblables à des ailes. Elle s'était délivrée de moi, ne s'était même pas retournée.

« Sybille, je l'ai appelée Sybille... Elle est à vous... Robert n'a rien dit contre ça... »

Je n'ai jamais oublié ses lèvres pointues et sèches, ses mains rêches, ses phrases débridées, ses yeux qui ne me voyaient plus.

J'avais neuf ans. C'était en 1963, deux années après qu'on eut retrouvé les deux corps dans cette chambre, non loin du port de Basse-Terre... Mon père Robert et la fille Clothilde, nus, enlacés, morts.

Chaque fois qu'ils avaient une visite, Judes et Coraline y faisaient allusion, à mi-voix, me regardaient avec pitié, par en bas. Aussitôt, leurs visiteurs coulaient vers moi les mêmes sourires mouillés, murmurant des paroles feutrées et compassées que je percevais clairement, comme si elles se détachaient une à une, pétales veloutés, duvet d'oie, et venaient se poser tout contre mes oreilles...

« Oh! Mon Dieu! Oh! Mon Seigneur! gémissait Coraline. Pauvre enfant! Son papa est décédé. Son petit frère est mort-né. Et sa maman va finir à l'asile... Ça fait combien de temps qu'elle est enfermée là-bas, à croire que ses défunts sont ressuscités et vivants...

— Pauvre Sybille! Son papa était allé chercher la vie. Et c'est la mort qu'il a récoltée : le salaire du péché...

— Pauvre *ti moun*, elle n'a plus personne, ni père, ni mère, ni frère, répondaient en chœur les amis.

— Dieu est bon, elle vous a trouvés en chemin... »

Deux jeunes corps enlacés sur une couche. Nus. Juste un fin ruban de satin blanc noué autour du cou de la fille, une chaînette en or à une cheville et un bouton de ces frêles roses créoles déposé dans la bouche. Elle avait les yeux ouverts, un regard suspendu dans l'extase. Elle n'avait pas eu le temps d'avoir peur, n'avait sûrement pas entendu venir la fin. Elle n'avait pas souffert et ça se voyait qu'elle était partie au milieu de l'amour, le bas du ventre offert, les sens tourneboulés, et les jambes écartées pour recevoir et faire entrer le Nègre en elle. Lui la couvrait tout entier de son corps. Magnifiquement dessinés et luisants, les muscles de son dos étaient restés bandés dans l'effort de cette ultime étreinte. On ne pouvait pas affirmer qu'ils avaient été surpris, mais plutôt stoppés, net. C'était le terme qui convenait le mieux. Stoppés, net. Ils ne portaient nulle trace de coups de sabre, poing, pied ou fusil. Ils étaient réunis, image arrêtée, dans l'amour et l'énigme de leur trop belle mort.

La fille s'appelait Clothilde. Avait à peine vingt ans... À l'âge de sept ans, elle avait commencé à raconter les rêves. Aussitôt, sa mère, Gérémise, s'était souvenue que Néhémie, la sœur de son aïeule, possédait le don d'interpréter les songes. À compter de cette découverte, chacun tint Clothilde en grand respect, devinant, supposant et suspectant tout à la fois que, derrière ses traits d'enfant, se dissimulaient la sagesse et la science de la vieille qui s'en était allée le jour de ses quatre-vingt-quinze ans...

La veille de sa mort, Néhémie avait marché jusqu'aux savanes les plus reculées de Saint-Jean pour dire adieu à ses parents et amis. Les prier surtout de ne pas verser une larme, seulement de jeter des fleurs dans son cercueil. « Beaucoup de fleurs, s'il vous plaît ! » implorait-elle, pour qu'elle sente encore bon, arrivée sur l'autre bord. Sans le moindre tremblement dans la voix, elle avait dicté ses dernières volontés. Mis ses affaires en ordre. Et payé les timbres sur les actes notariés.

Elle laissait, en héritage à ses neveux et nièce, deux terrains sur les hauteurs de Grosse-Roche et sa case encombrée par des collections de songes qu'on ne voyait pas avec les yeux, qui n'existaient pas à la manière des êtres de chair et de sang, mais auxquels on se cognait sans cesse, mystérieusement. Parfums mêlés, fleuris ou sacrilèges, nauséeux ou sucrés.

Deux fois dans sa carrière, des personnages rêvés s'étaient échappés de leur délimitation pour apparaître dans le monde du visible. Transformée en furie, Néhémie les avait chassés comme des vieux-volants, avec des coups de pied et des jurons, prouvant à tous qu'elle était bien la grande maîtresse des songes. À sa mort, personne ne voulut de la case en question...

À ceux qui s'étonnaient du calme superbe dont elle s'était drapée pour annoncer sa mort imminente, Néhémie répondait que le temps sur la terre avait un début et une fin. Elle avait pleinement rempli le sien et partait sans le moindre regret. À l'écoute de ces paroles glaciales, des hommes de haute stature devenaient marmaille et attrapaient des frissons. Quand Néhémie les quittait, ils couraient illico réchauffer leurs entrailles dans le feu d'un coup de rhum. D'autres, plus téméraires, la pressaient de dénommer le signe ou bien le rêve qui l'avait éclairée sur le jour de sa mort. Néhémie fermait les yeux. Puis elle secouait la tête, à la manière des enfants tenus par un serment.

« Tout ce que je peux vous dire, répétait-elle dans sa belle assurance, c'est que la vie d'ici a un commencement et une fin. Mon jour arrive demain, tout simplement... Soyez sans crainte, j'ai bien rempli mon temps. Je n'ai pas de regrets... »

Après ces évidences énoncées d'un air philosophe, elle se retirait en silence. Chacun éprouvait alors la cinglante conscience d'être immensément démuni face à sa destinée, terrorisé aussi à l'idée que le temps n'était pas intarissable comme l'eau des rivières, inépuisable comme les matins et le soleil qui finissait toujours par vaincre les ténèbres. Certains se sentaient pris à l'étau, meurtris d'avoir gaspillé des temps et temps plus nombreux que leurs cheveux blancs. Décomposés et flasques, quelques-uns prenaient de fermes résolutions, se promettant d'épargner les jours, de n'en plus prêter une seule miette à quiconque, et d'emplir avec sagesse leur restant de vie, pour mourir dans une sérénité d'église, à l'instar de la Dame Néhémie.

Après sa tournée, la vieille avait nettoyé sa case, fait sa toilette et revêtu la robe neuve en taffetas mauve que lui avait cousue, des années auparavant, une jeune cousine couturière. Et puis, tranquille, elle s'était allongée sur sa couche. La mort devait la retrouver trois heures après midi.

Dans sa longue vie, Néhémie n'avait pas connu un seul homme. Sûr, elle avait eu des occasions. Mais elle avait préféré consacrer son existence à dispenser le bien. Sans calcul ni faveur, sans même exiger un sou, elle avait délivré des malheureux possédés par Satan. Elle avait guéri des plaies invisibles, détourné des malfaisants. Elle ne comptait plus la quantité d'innocents qu'elle avait ramenés à la vie. Chaque nuit, Néhémie avait rêvé à profusion. Rêver, c'était sa vie, sa vérité, sa joie, son paradis. C'était comme marcher dans la clarté du soleil de midi. Interpréter les rêves était, d'après elle, aussi simple que tirer un rideau pour faire entrer le jour, car son regard se posait telle une lampe sur la table des ténèbres. Généreuse, elle savait aussi rêver pour ceux qui se perdaient dans les sentes de leur sommeil et voyaient le matin s'emparer des clés prêtées durant la nuit.

Néhémie pouvait différencier les rêves, les classer par catégories selon leur consistance, leur origine et leur destination... Rêves-présages envoyés par des anges, rêves malins expédiés par démons, rêves-prémonitions, rêves inutiles où le corps prend possession de l'esprit, rêves-pacotille, rêves-paravent-et-dentelles derrière lesquels s'abritent les rêves véridiques-authentiques, rêves-précipices qui annoncent la chute, rêves de morts et de vivants, rêves de jarres d'or, rêves-voyages et paquebots blancs, rêves de Vierge Marie et Jésus-Christ, rêves de dents arrachées, rêves en bleu-blanc-rouge du paradis-France...

Lorsque Néhémie s'était alitée pour s'endormir de son dernier sommeil, elle s'était mise à compter, comme des moutons, le nombre de mercis qu'elle avait reçus pour ses interprétations. Satisfaite, patientant sereinement, les mains croisées sur le ventre, elle avait souri sur sa couche. Et puis — l'esprit est vagabond —, d'un coup, toute sa vie s'était déroulée devant ses yeux. Sa mère, son temps à l'école de Saint-Jean... Enfin, grimaçants, les visages de deux, trois prétendants qui avaient tenté de regarder le dessous de ses jupons blancs.

« Tu vas regretter ! lui avait prédit l'un d'eux, prénommé Clodomir. Plus tard, quand tes cheveux seront gris et ta peau chiffonnée, peut-être rêveras-tu de moi... Mais il sera trop tard ! Car, vois-tu, ma chère, il suffit pas de rêver, il faut vivre les choses pour comprendre le monde... Chacun ici-là embrasse tes pieds de vierge et ton cœur est comblé. Tu vis avec ça comme si c'était ta seule nourriture, ton unique trésor, mais crois-en mes paroles, Néné ! En vérité, ton cœur est fermé et l'amour est une douceur étrangère à ton âme... Tu vas pleurer, Néné ! »

Néhémie n'avait jamais éprouvé le moindre regret. Il y avait trente ans de cela, elle avait même rêvé que Marga, la fille aînée du dit Clodomir déambulait nue dans la forêt. S'était fait mordre par un rat. Mais à la place du sang rouge des humains, il s'écoula de la plaie une eau claire de rivière sur laquelle flottait un bateau blanc. La fille de Clodomir sanglotait en s'efforçant de retenir le flot. Misère, ses mains étaient sans cesse refoulées par la force des eaux.

Le lendemain même, Néhémie entreprit de transmettre son interprétation à Marga qu'elle trouva seule, au pied d'un arbre de la cour, la tête enfouie dans ses deux bras.

« Assez gémir ! Oublie cet homme qui a griffé ton cœur ! lui ordonna Néhémie. Monte à bord d'un de ces navires qui charroient les Nègres en France ! Là-bas est ta fortune. FRANCE, j'ai lu ce mot écrit en gros caractères pour toi, une large banderole qui défilait au mitan d'une fanfare. Ici-là : le cimetière, là-bas : France-Délivrance. »

Marga se redressa comme si elle avait entrevu la Vierge Marie. Proférant et jetant à droite et à gauche des cris et des paroles hachées, elle releva ses jupes et courut en direction du champ où son papa taillait les branches d'une haie de maigres immortelles.

Sa mission accomplie, Néhémie s'en retournait déjà lorsque derrière elle s'éleva le souffle rauque de Clodomir.

« Tu rêves toujours la vérité, Néné ! lui glissa-t-il. Et tu n'as pas encore rêvé de moi ? Tu es sûr que tu ne regrettes pas, Néné ? Cela fait cinq années que ma femme m'a quitté... Aujourd'hui tu es ici pour sauver ma fille, mais toi tu ne veux pas que je te sauve, Néné ? Tu ne veux pas connaître ce qu'on appelle l'amour, Néné ? Il est pas trop tard, tu sais. Il est jamais trop tard pour ça... » Elle avait ri.

Et voilà qu'au jour de sa mort, alors qu'elle avait quatre-vingt-quinze ans, les refrains du Nègre Clodomir étaient revenus bourdonner, agaçants, autour de ses oreilles. Non, elle ne rêvait pas. Elle l'entendait et le redécouvrait identique à celui qu'il avait été naguère : téméraire, bienheureux d'être un mâle-bougre échoué sur la terre. Il était sûr qu'elle vieillirait dans l'amertume et le remords. Elle le revoyait à soixante-huit ans, beau, vêtu de son costume noir en Tergal, cravaté, les yeux clos, bien peigné, si paisible et élégant dans son cercueil en bois verni, du coton bourré dans chaque trou de son corps.

Et c'était au terme de son existence, lorsqu'elle s'était couchée pour se livrer à la mort que, par la faute de Clodomir, Néhémie avait éprouvé pour la première fois le besoin d'amour et le sens du mot regret. Regret rosse, ruant et hurlant, déchaîné. Regret enragé, fielleux,

61

crachant sa bile sur les rêves béni-oui-oui empressés de l'assister aux dernières heures de sa vie. Regret qui l'avait étreinte et secouée, piétinant sa belle sérénité. Et ces propos que l'homme avait autrefois semés comme des graines sur une terre rocailleuse éclataient subitement, germaient de manière sauvage dans tout son être, engendrant des feuilles démesurées et des bouquets de fleurs au parfum vulgaire, pétales rouges et larges, pareils aux lèvres amères et retombantes des femmes en quête d'hommes. Regret de n'avoir pas vécu au moins l'un de ces mystères d'amour rêvés et passionnés qu'elle avait élucidés et démêlés. Regret d'avoir toujours gardé son cœur au sec. Regret de n'avoir pas goûté à la chair d'un seul homme, quand bien même un bélître insignifiant, aveugle, sourd, perclus, désossé, démoli... Et les paroles empoisonnées de Clodomir, espèces capiteuses et poivrées, vinrent se planter autour d'elle, sur les draps et la taie d'oreiller, couvrant les rêves immobiles qui emplissaient déjà la case. Alors, sur son lit de mort, Néhémie appela Clodomir. D'abord d'une voix pleutre sortie de sous les ramures de sa virginité. « Clodomir! Clodomir! » Et puis, consciente de sa fin prochaine, comprenant qu'il n'était plus temps de jouer les âmes effarouchées, elle hurla le nom du Nègre. « Clodomir! Clodomir! » jusqu'à ce qu'elle le sente couché sur elle, vigoureux, chaud et débordant de cet amour qu'il avait tenté maintes fois d'amarrer en dedans de son cœur.

Cette heure ultime fut un enchantement, une apothéose, un avant-goût du paradis. Et son souffle final ne fut pas le râle d'une pécheresse vaincue par la mort, mais le cri d'abandon d'une femme comblée. Aucun des voisins accourus n'oublia jamais le visage transfiguré de Néhémie.

C'est ainsi qu'expira Néhémie, non pas comme elle avait vécu, solitaire et rêveuse, mais semblable à ces femmes qui, chaque jour sur la terre, approchent la mort dans l'union des corps, et puis renaissent, avec sur la langue un zeste d'éternité.

Son seul compagnon, un maigre oiseau sans âge qu'elle tenait en cage depuis l'aube de ses premières révélations, dépérit de chagrin. Car, le matin, Néhémie avait coutume de le nourrir de rêves. On dit même qu'il versa une larme lorsqu'on emporta sa vieille amie. Bien vite, il perdit sa voix, arrêta de boire et de manger. Un soir, les enfants d'une voisine qui l'avaient recueilli découvrirent son petit corps desséché, au bas de son perchoir, les ailes repliées, le bec pincé sur un bouton de rose rouge.

Personne ne voulut le toucher ni ouvrir la cage. Les gens l'examinaient à travers les barreaux peints en rouge. Ne cessaient de répéter les paroles d'innocence d'une négrillonne qui avait demandé, montrant du doigt le bouton de rose rouge dans le bec de l'oiseau, si c'était bien là le cœur de la Dame Néhémie.

De peur qu'un malheur ne s'abatte sur les vivants de Saint-Jean, on désigna deux braves qui, du bout d'une longue perche, ramenèrent chez Néhémie la cage et l'oiseau mort.

Un temps s'écoula sans trop de questions. Parfois, à la veillée, des bouches nommaient Néhémie, proposant à l'assistance d'organiser une expédition pour vérifier si le cœur était toujours enfermé dans la cage... Un grand silence leur répondait. Et puis, un petit vent balayait leurs paroles, frottait les feuilles des arbres les unes aux autres jusqu'à ce qu'elles chuchotent des histoires d'amour entre les oiseaux et les fleurs.

Des années plus tard, un filleul de Néhémie, militaire de carrière à Besançon, débarqua de France avec une surprise : une dame blanche, presque rose, avec les yeux verts et les cheveux jaunes comme une chabine d'ici. Mise devant le fait accompli, sa mère tomba à la renverse sur les quais de Pointe-à-Pitre où le paquebot *Mermoz* avait accosté. Elle injuria son garçon, menaça de le déshériter et refusa de l'héberger. Des mains charitables confièrent au militaire les clés de la case de sa marraine, Néhémie. Ces gens-là occupaient leurs journées à la plage. Partaient sans fermer les portes de la case. C'est ainsi que la cage, l'oiseau mort et le bouton de rose disparurent.

La plupart de ceux qui avaient côtoyé Néhémie se souvenaient à moitié de son passage sur terre. Ils avaient effacé de leur mémoire le râle ultime et le nom de Clodomir, comme ils avaient auparavant oublié la tache-fleur de sang qui s'était épanouie sur la robe blanche de la jeune Néhémie, le jour de sa communion solennelle. Ses derniers instants étaient pareils à cette trace déplorable : un accident de la vie. Une salissure comme un rappel de l'impureté humaine qu'on se devait d'ensevelir avec le corps, dans la fosse, afin que seule demeure l'image immaculée de la gardienne des rêves, la légataire souveraine et incontestée qu'elle avait interprétée tout au long de sa vie.

Bientôt, les survivants de ce temps n'élevèrent plus la voix que pour raconter avec force détails le beau jour de son enterrement. Des fleurs en quantité encadraient sa dépouille. Tant de fleurs apportées par brassées au chevet de la Dame Néhémie... Non ! pas un n'avait failli à sa promesse. Fleurs déposées dans son cercueil par des doigts innombrables pour qu'elle sente encore bon, arrivée sur l'autre bord. Roses de porcelaine. Oiseaux de paradis. Hibiscus et lavandes. Roses créoles en boutons. Arums et anturiums lie-de-vin. Violettes et pensées sauvages. Coquelicots. Bégonias... Fleurettes des champs, miséreuses, innocentes, cueillies en plein midi et déjà fanées. Fleurs parfumées de gratitude et de chagrin, mêlées contre leur gré aux innommables, les rouges violentes, capiteuses et poivrées que l'homme Clodomir avait expédiées avant les autres auprès de Néhémie.

On raconta souvent les obsèques de Néhémie à Clothilde, son arrière-arrière-petite nièce...

Clothilde, qu'on retrouva sans vie près de Robert, en 1961 dans cette chambre de Basse-Terre, ne connut pas longtemps une enfance ordinaire. Quand sa mère, Gérémise, s'aperçut que son enfant avait hérité du pouvoir d'interprétation de Néhémie, elle la considéra dès lors tel un capital à fort intérêt serré dans un coffre qu'elle couvait étroitement. Le matin, tandis que ses deux frères, tôt levés, couraient attacher bœufs et cabris dans la savane, Clothilde finissait d'empaqueter dans son esprit encore ensommeillé les songes de la nuit.

Les rayons du soleil ne se posaient pas bonnement sur sa figure, ils saupoudraient sur elle de l'or en paillettes. Ses yeux, grands ouverts dans ses rêves, roulaient sous ses paupières baissées. Ses doigts se dégourdissaient en pianotant sur les draps. Ses mains se détachaient de son corps et se mettaient à battre avec grâce. Lorsqu'elle se réveillait enfin, elle ne déclarait pas : « J'ai rêvé ceci ou cela », mais plutôt : « J'ai encore voyagé au-delà du monde ! » Elle s'asseyait au bord du lit, secouait la tête pour ordonner les justes mots qui devraient rapporter ses rêves. Le silence régnait aussitôt dans la chambre. Commençaient alors le récit de ses voyages, la description des terres parcourues et des inconnus entrevus, combattus ou secourus. Sa parole coulait d'abord en clairs-obscurs, comme la parabole. Et puis arrivait le temps pur de l'interprétation ponctué de mots qu'elle-même n'avait jamais entendus, et qui se présentaient nus et beaux à ses lèvres. Elle en usait avec parfaite maîtrise et insolente clarté. Parfois même, elle baragouinait en anglais, espagnol ou latin. Et chacun, extasié devant son extraordinaire héritage, mesurait l'immensité du don.

À l'âge de douze ans, Clothilde était déjà très réputée à Saint-Jean. La plupart des gens avaient oublié son prénom et, avec une sincère bienveillance, la criaient : « Ti Néné ! » en hommage à Néhémie. Pour sa mère Gérémise, son avenir était tracé, Clothilde n'avait qu'à déposer ses pas dans ceux de sa grand-tante. Les rêves étaient bénédiction et l'argent sublime compensation.

Les clients se pressaient autour de Ti Néné, médusés et conquis, jaloux et douteux, pour lui soumettre des bribes de songes qu'elle décortiquait avec une facilité phénoménale. Tenant les interprétations comme un secours divin, ils voulaient posséder les clés de leur devenir qu'ils avaient entraperçu dans leur sommeil sans parvenir à l'identifier. Ils s'avançaient, avides, hérissés d'exigences. Clothilde devait évaluer l'exacte mesure de leur temps restant, les circonstances et la date de leur mort, la quantité d'enfants à naître, les numéros gagnants de la Loterie nationale, leur jour de chance et de malchance.

Beaucoup lui arrachaient le prénom de leur futur mari, le nom de leur ennemi, celui du chien qui les poursuivait dans une course de cauchemar, le grade du crapaud en costume militaire, chemise amidonnée et cravate en soie, qui grattait une guitare sur les eaux en noir et blanc d'un rêve aux odeurs d'alcali.

Certains, moins excités, attentifs, confiants et vulnérables, soufflaient leurs contes au creux de son oreille, persuadés de rentrer chez eux armés, parés à barrer tous les coups, riches d'une connaissance qu'ils arboraient telle une armure de bronze.

Des passionnés accouraient, haletants, avec la tête soi-disant emplie de songes épiques et flamboyants qu'ils devaient narrer sur l'heure. Mais, calebasses vides, ils ne se souvenaient guère des voyages de la nuit. Alors, ils bafouillaient des élucubrations ou bien de sombres mélodrames piètrement colmatés. En final, ils suppliaient toujours Clothilde de rêver à leur place et s'en retournaient, chantant-sifflant, le cœur ravi et l'esprit auréolé d'une comique espérance.

Une autre catégorie décrivait, par courrier, des chimères que Ti Néné dépoussiérait avec vélocité, postant sa réponse le même jour. Elle comptait aussi, parmi sa clientèle, de très vieux corps décrépits et édentés, qui abandonnaient à sa porte les insupportables habits de sagesse et raison qu'on les forçait à endosser à cause de leur grand âge. Ils se présentaient à elle, pareils à la marmaille, innocents, perdus, fragiles et vulnérables. Ceux qu'elle nommait les pitoyables, les plus désemparés, mendiaient sa science, l'écoutaient avec une fervente religiosité, comme si elle détenait le pouvoir de les ramener à leurs jeunes années, de rajouter du crédit à leurs jours, de les soustraire au temps... À ces moments-là, Ti Néné se sentait flotter au-dessus du monde, entre ciel et terre. Ni morte ni vivante. Évanescente.

Ce fut peut-être ce sentiment qui éloigna Clothilde de l'école. Et plus encore le détestable comportement de ses institutrices qui étaient tour à tour venues un jour ou l'autre la solliciter. Autoritaires et fières, elles jetaient à ses oreilles d'enfant des rêves triangulaires ou perpendiculaires, des rêves à chiffres multiples et d'autres en écheveaux que l'élève devait démêler à l'instant de crainte de se voir frappée et raillée en classe, à cause d'une mince faute d'orthographe ou d'une glissade dans une règle de grammaire.

À quinze ans, Clothilde était considérée tel un oracle et sa renommée avait dépassé les trois ponts qui reliaient Saint-Jean au reste de l'univers. Elle avait déjà prédit deux fois la réélection du maire, auguré que le général de Gaulle reprendrait les rênes du pouvoir et précisé les noms, heures et dates des trois prochains cyclones. D'ailleurs, on la décrivait non plus comme une personne de chair et de sang, mais plutôt comme un monument taillé dans la pierre. Une sorte de cariatide qui avait les épaules, le cou et la tête assez solides pour supporter encore et encore des montagnes de rêves. Les gens en général et sa manman, Gérémise, en particulier l'imaginaient tout entière, et pour des siècles encore, dévouée aux pauvres pécheurs, l'esclave indivise de la charge léguée par Néhémie. Rêves de gloire, de richesse, d'espérance, de santé. Elle était la croisée de leur destinée, la seule roche où ils acceptaient en confiance d'arrimer leurs illusions. Rêve en caraco ou pantalon à rayures. Rêve de plumes d'oie et de sang bleu. Rêve halé des eaux profondes. Rêve d'homme à tête de soleil et de femme à pieds d'éléphant. Rêve de précipice et de falaise. Rêve sapotille et caco. Rêve vomissure et pièces d'or. Rêve de mer traversée, paquebot blanc, carré madras. Rêve Notre Père qui êtes aux cieux. Rêve Belzébuth et soucougnans. Rêve grand couteau, et barriques emplies d'abats en salaison. Rêve sept, douze, treize, vingt-cinq alléluia! Rêve souliers égarés et jambe cassée. Rêve porte-monnaie trouvé et mille-feuilles en billets... Des rêves par charretées jusqu'à la nausée. Trop beaux rêves qui déraillaient sur des routes parallèles. Ne rejoignaient jamais la morne réalité parfois intimement approchée mais qui s'éloignait toujours à l'horizon d'un bonheur d'illusion. Rêve volatile et inconséquent, fanfaron et mesquin. Des rêves qui annonçaient mariages et enterrements, orages et grands tourments. Rêves en cascade. Rêve à tiroirs. Rêve escalier à monter et descendre. Rêve valet de pique et dame de cœur...

À seize ans, en l'année 1957, Clothilde échoua au certificat de fin d'études et renonça à l'école pour de bon. La plupart de ses camarades, condamnés à travailler après leurs père et mère dans les champs de canne, jalousaient en secret son destin si joliment défini. Et personne n'aurait cru qu'en vérité elle était déjà lasse de vivre dans les rêves. Si Clothilde subissait le défilé des gens, elle ne fréquentait quiconque, n'avait pas la moindre confidente amie ou ennemie. Et même si elle prenait encore parfois plaisir à raconter les songes, à jouer aussi les magiciennes, soufflant sur les rêves pour en défaire les nœuds serrés,

71

elle souhaitait depuis longtemps descendre du socle où on l'avait fichée, rejoindre enfin le monde des vivants où l'amour tournait les sangs, où rires et pleurs se chevauchaient, où le désir déferlait, grand ballant, voiles aux vents, pour repartir serpent rampant. Ce monde où le cœur cent fois rejeté et fracassé se reformait toujours, par une sorte de chimie miraculeuse qu'elle voulait éprouver dans sa chair, étreindre et embrasser.

Grâce aux prédispositions de sa fille, Gérémise avait déjà construit cinq maisons en bois et béton qu'elle louait aux Grands-Fonds Sainte-Anne. Les consultations de Clothilde étaient bien sûr gratuites. Mais, Bon Dieu est bon!, tous ceux qui venaient la solliciter laissaient quelque chose, une petite monnaie gracieuse, deux trois billets de gratification, dans une coupe placée ostensiblement sur une console de l'entrée, près d'une croix de bois où le Christ Notre Seigneur crucifié rappelait à l'ensemble des visiteurs leur état de pécheurs, la repentance obligée et l'aumône attendue.

Un matin de ses vingt ans, Clothilde raconta à sa mère, Gérémise, qu'elle avait en songe lu son nom à la une du *Quotidien de la Guadeloupe*. Elle s'était vue aimée et célèbre. Elle habitait dans les hauteurs de Basse-Terre et inventait des parfums.

« Et les rêves? s'enquit Gérémise. Et les rêves! Dis-moi, pour les rêves? »

Cela faisait à présent une année entière que Clothilde refusait d'élucider le moindre rêve, de narrer ses voyages enchantés. Elle repoussait tous ceux qui avaient pris l'habitude et le goût d'écouter ses interprétations. Les gens se retrouvaient cassés par son silence et son regard indifférent. Égarés, embarrassés de chimères amassées, ils ne savaient plus comment mener leur existence, avancer ou reculer, se marier avec Paul ou Justin, vivre encore un peu ou mourir à telle heure, enfanter une fille ou un garçon, voter pour untel ou untel.

Gérémise avait patienté et demandé aux malheureux qui se pressaient à sa porte de l'imiter. Elle s'était gardée de secouer Clothilde dans l'espoir de décrocher des rêves. Elle ne l'avait pas battue, ne lui avait pas jeté de cailloux comme à un arbre qui retient ses fruits mûrs. Elle s'était agenouillée, avait prié Dieu de la secourir, commandé trois messes pour l'âme de Néhémie et planté des bougies sur sa tombe.

Depuis ses dix ans, Clothilde était la source dont dépendait la famille. Personne ne travaillait plus vraiment. Un soir de l'année 1951, ils avaient regardé le père partir en mer sur son canot. Le lendemain, Gérémise avait espéré son retour sur la plage. Deux jours plus tard, elle avait enfilé une robe noire, allumé des cierges et disposé en croix des conques à lambis sur le sable. Et voilà comment, à quarante ans, elle était devenue veuve sans avoir revu le corps de son mari. Les deux frères de Clothilde avaient abandonné les champs et ne se démenaient plus que le premier du mois, date à laquelle ils collectaient les loyers des cinq maisons bâties grâce à la générosité des rêveurs qui affluaient à toute heure, et parfois de très loin, pour s'abreuver de la bonne parole de Clothilde. Chacun possédait une voiture Peugeot noire, identique à celle du maire. L'aîné aimait le jeu et le second les femmes. Ils touchaient bien les sous, les comptaient, les rangeaient dans leurs portefeuilles en cuir. Mais l'argent finissait toujours par s'envoler d'une manière dont ils ne se souciaient guère.

Gérémise pria, communia, se confessa avant de confier son désarroi à trois *gadézafè*. Elle ne s'expliqua jamais la provenance du mal ni la raison de l'interruption des rêves. Elle feignit d'accepter de ne plus vivre parmi les songes, de ne plus écouter couler la parole de Ti Néné, source merveilleuse qui enrichissait sa vie. Mais, au fond d'elle même, l'idée que la grand-tante Néhémie s'était retirée de Clothilde ne s'imposa jamais. Jusqu'à la mort de sa fille, elle vécut son silence comme une calamité.

Lorsque Clothilde vint lui conter le rêve d'amour et de célébrité, la première page dans *Le Quotidien de la Guadeloupe*, et cette histoire de parfums, Gérémise crut qu'elle était arrivée au bout de son chemin de croix et de son temps de vaches maigres.

« Et les rêves ? demanda-t-elle une fois encore à Clothilde.

— J'en ai terminé avec les rêves, manman... Il n'y aura plus jamais de rêves. Je veux découvrir le monde et ses beautés... »

Gérémise se mordit les lèvres, dodelina de la tête et regarda par la fenêtre comme si, d'un seul coup d'œil, elle pouvait embrasser le monde de beautés dont lui parlait Clothilde.

Elle répéta doucement : « Le monde, ses beautés... Et que fais-tu de ses laideurs, ma fille ? »

Depuis qu'elle ne rêvait plus, Clothilde partait le matin, pieds nus dans les campagnes, un panier sur la tête. Elle revenait le soir, chargée de fleurs. Avant de la voir en personne, on était d'abord enivré par les parfums qui la précédaient. Elle passait la nuit à transvaser sa récolte dans des bouteilles et des fioles pour des macérations, des concentrés et des distillations.

« Il y a toujours un peu de beauté dans les laideurs du monde, manman. J'en connais le souffle, les accents, les couleurs. Je les ai rêvés. Je m'en vais pour rencontrer la vie dans ses cinq sens. J'ai rêvé l'amour et la célébrité. Je t'écrirai...

— Et tu me laisses comme ça, Clothilde? Tu abandonnes ceux qui croient en toi, ma fille... Ils ont le droit de savoir et tu dois les servir, c'est ton devoir! Tu es une sainte, Clothilde...

— Non! pas une sainte!

— Mais ils ont le droit! » insista Gérémise.

Clothilde essuya une larme sur sa joue.

« Avant de m'en aller, je dois te dire une dernière chose, manman. Quand mon père a disparu en mer, je l'avais rêvé. Et je n'en ai jamais parlé. J'ai vu la vague qui l'a emporté. J'ai vu longtemps son corps se débattre. J'ai vu son chapeau flotter sur les eaux. J'ai tout gardé en moi, pour vérifier si les rêves commandaient vraiment la vie. Est-ce qu'il serait encore vivant? Est-ce qu'il aurait été à la pêche ce jour-là si je lui avais raconté son canot renversé au mitan de la mer? Je n'ai rien dit... Et il est mort... »

Clothilde quitta Saint-Jean le lendemain de cette ultime révélation. Elle proposa ses parfums sur le grand marché de Basse-Terre, parmi des fleurs séchées, des herbes à tisanes et des racines amères. Loua une petite chambre non loin de la préfecture. Et vécut là, cahin caha, des quelques sous de son commerce. Puis on n'entendit plus de ses nouvelles, sinon par les marins, les dockers et les pêcheurs, Nègres et Saintois, qui fréquentaient le port. Elle vendait son corps à prix modique, assuraient les hommes qui n'avaient jamais rencontré pareille beauté sur les quais de Basse-Terre. Toujours très parfumée, elle se donnait avec passion aux uns et aux autres, cherchant l'amour véritable dans chaque étreinte, dans chaque regard, dans la moindre caresse malhabile et rugueuse de ces hommes aux mains larges. En guise d'au revoir, et c'était surtout cela qui mollissait au fur et à mesure le cœur de ses conquêtes, elle leur offrait des fleurs après le corps à corps. Et ils s'en repartaient émus et bouleversés par cette douce putaine, un peu ivres et nauséeux, comme s'ils avaient soulevé par inadvertance les jupes de la Sainte Vierge ou bien surpris la nudité de leur propre mère. Ils présumaient bien qu'elle avait échoué là, suite à quelque procédé contre nature, à un pacte diabolique ou à une faute ancestrale, mais ils ne pouvaient résister à l'attrait qu'elle exerçait sur eux. Même s'ils craignaient parfois de périr dans ses bras ou bien d'enchaîner leur destinée de déveine à la sienne, ils s'adonnaient à elle pour grappiller un brin d'amour, goûter la plénitude, et se voir comme des dieux, immortels et bienheureux, le temps d'un râle animal et d'un soupir exquis. Auprès d'eux, Clothilde avait l'impression d'approcher l'amour de très près, de mourir pour de bon, mais elle revenait sans cesse à la vie, finissait par se relever de l'extase, avec le sentiment d'avoir été souillée. Ces hommes lui arrachaient des cris, des plaintes et des gémissements, mais l'amour qu'elle espérait n'éclorait pas. Il semblait être partout et nulle part, tapi derrière des promesses de félicité et des baisers enchantés, serré sous des regards de velours et des caresses satanes, lové d'entre des paroles de satin. Toujours à portée de main, toujours reconnu et jamais rencontré. Toujours attendu et jamais advenu.

Robert, le père de Sybille, était descendu en ville, de mauvaise grâce, pour acheter du boudin à Noémie, sa jeune épouse, enceinte de son deuxième enfant. C'était un lundi, jour maigre. Mené ici et là par des amis inconnus postés au coin des rues juste pour que s'accomplisse sa destinée, il avait narré, à chaque station, l'envie furieuse de boudin qui s'était emparée de Noémie. On l'avait guidé jusqu'à la ruelle pavée de Camilla. Cette mulâtresse, affirmait-on, vendait devant sa porte, et tous les jours de la semaine, des tripes, des pattes et des gueules de cochon en salaison. La vieille écouta son histoire. Disparut. Revint les mains vides. Le toisa et le questionna sur sa famille et son métier. S'en alla remuer des casseroles dans une sorte d'appentis. Puis lui proposa de patienter une heure, le temps de lui préparer un chapelet de boudin. Ses ongles étaient crasseux, ses yeux chassieux, mais Robert promit de repasser. Sa famille! son métier! Quelle maquerelle, cette femme-là! Tout ça pour un pauvre kilo de boudin sorti d'on ne sait où... pensa-t-il. Est-ce que l'argent qu'il lui allongerait avait une couleur, était plus sale que son eau de boudin?

Robert s'engagea dans la ruelle, maugréant, se parlant à lui-même, songeant à ses huit années de mariage avec Noémie, qui lui avait déjà donné une belle petite Sybille. Chère Noémie qui n'avait jamais exprimé le moindre désir, sinon celui de le satisfaire en toute occasion. Ne réclamait rien, pas même une paire de sandales quand la pêche était grasse et ses souliers troués. D'ordinaire, elle se tenait toujours digne et fière. Et cette rage de boudin l'avait saisie avec tant de violence qu'un instant, il imagina qu'elle avait peut-être été frappée par une de ces maladies de la tête qui déboulaient on ne sait comment, ne s'en repartaient jamais vraiment et que l'on s'efforçait de soigner à l'asile de Saint-Claude.

Un jour, il s'y était aventuré, pour demander un emploi de jardinier, alors que le dégoût de la pêche l'avait étreint plus fort que de coutume. Ce qu'il y avait vu était resté emprisonné dans son esprit, l'avait accablé et tenu longtemps dans la crainte d'avoir pu être contaminé par un aliéné ou d'avoir ramené au-dehors, sous les talons de ses chaussures, une part de la folie concentrée là. Hommes robustes marchant à quatre pattes, édentés, hilares et terrifiants. Femmes, cheveux hirsutes, relevant leurs jupes à son passage et secouant leurs fesses molles et leurs coucounes chevelues sous le regard éteint d'une tralée de pauvres bougres échappés d'un monde obscur, se balançant, se balançant sans fin. Figures effroyables, corps horribles, bras et jambes façonnés à la diable par une vile nature. Cris de joie sans fondement. Cris de peurs. Frayeur devant des coups invisibles, des diables inconsistants, des Satans repoussants. Cris « Au secours, Seigneur Dieu! Sauvez-moi des démons qui attentent à ma vie! Au secours! Seigneur Dieu, je Vous implore! Délivrez-moi des hordes malfaisantes qui déchirent mon âme! » Criscrécelle. Cris lancinants soulevant le cœur. Cris enchaînés remontés d'outre-tombe, d'autres temps, d'outre-mer. Cris de dernière extrémité. Et leurs yeux! Tellement d'yeux fixés sur lui, branlants dans les visages défaits, clignant dans une noirceur de geôle percée de fugaces éclaircies. Des yeux incandescents derrière des paupières affaissées et plissées. Des yeux brisés en treize éclats, écrasés sous le poids de chagrins récurrents, délavés par des larmes intérieures, puissantes comme lames de fond. Des yeux jaunis, pareils à des plaies inguérissables, anciennes et purulentes.

Pour fuir ces insanes pensées, et ne plus mêler Noémie à ces âmes assemblées et exilées à l'asile voguant sur l'océan comme un navire en perdition, sans gouvernail ni capitaine, il décida d'aller rendre visite à Edgar, le frère de son père, qu'il n'avait pas revu depuis son mariage. Pendant ce temps-là, Camilla préparerait à son aise le boudin, se dit-il.

Après son passage à l'asile, Robert avait renoncé à sa brève vocation de jardinier et s'était rabattu sur la pêche, comme on fait un mariage de raison. Sans aimer le métier, il le respectait toutefois, de la même façon que les autres hommes de sa famille, depuis trois générations.

Son vieil oncle habitait deux rues plus loin. Robert en profiterait pour lui rappeler qu'il était toujours prêt à acquérir ce canot dont ils avaient débattu à plusieurs reprises. Plutôt que de le vendre, le tonton — retraité depuis trois années — laissait pourrir la barque sous des feuilles de tôle qu'il dénommait hangar.

Hélas, Edgar était parti sur ses terres. La case était fermée et le canot empli de bouteilles vides et de bidons d'huile crasseux. Contrarié, Robert descendit la rue et s'en retourna chez Camilla qui lui tendit une brasse de boudin noir fumant. Il jeta sa pièce et ne répondit ni à son sourire ni à son salut.

C'est en chemin qu'il rencontra Clothilde et qu'il marcha derrière elle, bêtement, comme on suit une idée sans début ni fin. Une idée qui naît d'on ne sait quoi, charge la tête, puis enflamme les sens et dévore l'âme. Il ne la suivit pas à cause de ses jambes à moitié dénudées, ni de sa démarche cadencée qui clamait à chaque pas : « Prenez-moi à gauche ! Prenez-moi à droite ! Prenez-moi devant ! Prenez-moi derrière ! » mais à cause de son odeur. Ce jour-là, Clothilde s'était frotté le corps d'un mélange pilé de fleurs d'ilang-ilang, de gousses de vanille, de noix muscade et de feuilles de menthe et basilic. Toutes ces exhalaisons se détachaient nettement les unes des autres, s'accentuant ou bien disparaissant tour à tour, soudain, au détour d'une case, luttant pour s'entre-dominer et surtout juguler l'émanation mirifique que dégageait Clothilde. En fait, il la suivit tel un chien dans le sillage de sa maîtresse, le cœur battant, les babines molles et baveuses, les narines palpitant de ces effluves généreux qui octroyaient, avec une évidence criante, chair et consistance au mot amour.

Il avait fréquenté quelques donzelles avant d'épouser Noémie. Il avait même eu une fille, Louise, qu'il ne connaissait guère. Comme chacun, il avait faibli pour des croupes, des lèvres et des yeux. Depuis son mariage, il avait déjà commis des écarts, répondant — malgré lui ! — à l'appel de coups de reins frénétiques, de sourires appuyés, de regards Je-crois-en-toi. Mais il s'était repenti, se promettant de ne plus succomber au péché de chair, de résister aux élans-tourments, aux appels-martels et aux corps à corps-remords. Robert n'était pas un homme à femmes, seulement un bougre ordinaire, livré sans science ni prescience aux surprises de l'existence, déchiré et tiraillé entre la légion des bonnes pensées et l'armée maléfique des anges du mal qui incitaient toujours au pire, flattaient les bas instincts, prédisaient des paradis, des ciels crépis d'étoiles, et tant et plus de vie dans des rires de théâtre et des paroles plus clinquantes que toutes les dents en or qui paraient leurs gencives. Échaudé plusieurs fois, Robert s'en était tiré à bon compte, avec à peine quelques égratignures, blessures de bonne guerre. Et si Noémie avait eu vent de deux, trois cabrioles, elle avait sans rancune pardonné à l'homme, ainsi qu'il est d'usage ici-là. À quoi bon, puisqu'il était chaque fois revenu, même si fébrile, la langue un peu lourde d'avoir trahi et le cœur balançant entre mâle fierté et culpabilité. Cela faisait bien une année qu'il n'avait pas coursé de nouvelles créatures. Son mariage avec Noémie semblait figé dans une tranquillité d'eau dormante. Il se croyait déjà même entré dans un autre anneau de la sphère où ne rôdaient plus les démons tentateurs de la chair. Il ne cherchait pas la femme, il s'était juste rendu en ville pour assouvir l'envie de boudin de Noémie.

Cette nuit-là, Clothilde avait rêvé qu'un de ses parfums lui apporterait l'amour si longtemps désiré. Elle n'aurait qu'à sortir de sa case. Elle s'était donc apprêtée en connaissance de cause, sans fièvre, comme on attend le salaire mérité. Elle avait piqué dans ses cheveux trois tulipes du Sénégal et tenait à la main une rose rouge en bouton.

Depuis le temps qu'elle partageait son corps entre les hommes des quais de Basse-Terre, Clothilde n'avait cessé de penser à son père qu'elle n'avait pu garder sur terre. J'ai rêvé sa mort, se répétait-elle chaque jour. Je l'ai regardé se débattre au mitan de la mer, et ramer avec ses deux mains, écoper, et prier Dieu de le secourir. J'ai vu et je n'ai rien dit quand le lendemain soir il a ramassé ses nasses et ses filets, nous a promis une pêche de poissons roses et blancs.

Parfois, les gestes d'amour qu'elle inventait avec les hommes du port de Basse-Terre se transformaient en actes de sauvetage. Sept fois, oui, sept fois, elle avait eu le sentiment de serrer un noyé dans ses bras. D'abord, l'homme se débattait. Et puis manquait d'air, haletait tragiquement. Ses yeux viraient au blanc. Ses membres se raidissaient. D'un coup, il sombrait dans la mort. Alors, le corps de Clothilde se faisait bouée, radeau, canot, navire. Ses bras et ses jambes devenaient grand mât, rames et voiles. Elle prêtait tout son souffle et ramenait l'homme à la vie au risque d'y laisser la sienne. Sept, elle en avait sauvé sept.

Elle sut aussitôt que Robert était pêcheur. À son odeur de coquillage. À sa démarche un peu flottante. À ses larges épaules de galérien. À la façon dont il portait la tête et à ses yeux qui roulaient sans cesse, cherchant et marquant des repères imaginaires entre le ciel, la terre et la mer. Elle le reconnut à son cœur, surtout, qui ne battait pas plus fort que celui des gens ordinaires, mais parlait sans ramage au sien, avec des mots de sable et d'eau salée. Des mots-corail, de nacre et d'écailles. Des mots dérive et bleu marine.

L'un derrière l'autre, ils marchèrent longtemps. Devançant son ombre qui rapetissait au fur et à mesure, elle allait d'un pas ferme, se retournant de temps en temps, pour lui offrir son regard, son âme à écouter et lui envoyer des baisers parfumés qui volaient jusqu'à lui, l'encerclaient, puis se déposaient sur ses lèvres, se coulaient le long de son cou, se faufilaient dans ses cheveux. Tellement fous, tellement doux baisers qu'il en avait la peau de poule. Lui, allongeant le pas, faisait mine de la rattraper, de la retenir, de la perdre... Retardait le moment où il toucherait en vrai sa chair, d'abord l'extrémité de ses doigts, ses pieds, ses cuisses... Repoussait l'instant où il enfouirait le nez dans ses aisselles et la langue dans sa bouche.

Lorsqu'elle grimpa le petit morne qui menait à sa chambre, Robert suffoquait. Clothilde l'entendit respirer bruyamment, mais elle ne se retourna pas, de peur qu'il ne porte le masque de ces noyés qu'elle avait déjà secourus.

« Robert, il est temps de sortir tes pieds de cette embarcation ! lui conseilla une voix intérieure. Tu peux encore sauver ton corps. La nasse est percée en plusieurs endroits. Fuis ce lieu de perdition !... Reprends tes sens, Robert ! Noémie espère ton retour... Tu as promis. Tu as promis... »

Mais Robert n'écoutait déjà plus. Enivré, soudain dépossédé de toute raison, il se contentait de chasser mollement ces paroles de sagesse qui se heurtaient en lui, pareils à de gros hannetons aveugles.

Malgré la pénombre, il entra dans la chambre, inclinant la tête, juste ce qu'il faut pour éviter les poutres basses. Il avança jusqu'à la grande couche comme s'il était en pays de connaissance. Là, sans ôter ses souliers, il s'allongea sur le couvre-lit fleuri et contempla avec étonnement la charpente où des quantités de bouquets de fleurs aux couleurs passées, pendues têtes en bas, n'en finissaient plus de sécher. Il souriait, le malheureux, alors que derrière leurs pétales fripés, ces milliers de créatures amères l'épiaient sournoisement, telles des femmes aigries qui n'avaient jamais rencontré l'amour. Autant de Néhémie parvenues au terme de leurs existences. Mortifiées, le cœur réduit à un bouton de rose coupé, fané avant même d'avoir vécu l'épanouissement. Et tristes, le visage exsangue, rongées de regrets, refusant de quitter ce monde, s'accrochant de toutes leurs griffes, de toutes leurs pensées épineuses à cette vie terrestre pleine de délices et de tourments. Et tellement jalouses des vivants.

La pièce était un genre de mausolée, avec son lit dressé au mitan, sur lequel, confiant, le long corps du bougre Robert attendait l'amour. Il s'était abandonné aux pétales rouges du couvre-lit neuf. Il admirait béatement le ciel de fleurs séchées et les alignements de cierges bruns que Ti Néné s'obligea à allumer, l'un après l'autre, s'emmêlant les pieds dans les toiles d'araignée qui se consumaient en dégageant une désagréable odeur de cheveux brûlés.

Clothilde ôta sa robe. Robert ferma les yeux. Il songea un moment à Noémie défigurée par son envie de boudin. Puis diverses pensées l'assaillirent. Trois enfants apparurent : Louise, sa première fille qu'il avait eue avec Roselaine, une jeune Indienne de Saint-François, à l'époque où, célibataire, il achevait son service militaire... Sybille, en pleurs, titubant, tenant dans ses bras un bébé mort, qu'elle couvait du regard et appelait son petit frère... Derrière eux, sa mère, assise nue sur une roche. Ses seins lourds tombaient sur son ventre. Sans chercher le moins du monde à couvrir sa nudité, elle coiffait ses cheveux gris défaits, traçant des raies par milliers sur sa tête. L'air soucieux, elle levait le nez de temps à autre, observant le ciel noir... Son oncle, couché dans son canot comme dans un cercueil, voguant vers de cruelles eaux... Et puis, la vieille fabriqueuse de boudin du lundi surgit de l'ombre, esquissant de grands gestes avant de disparaître...

Lorsqu'il ouvrit les yeux, Robert surprit Clothilde en train de fourrager dans le tiroir d'une commode où des petites fioles bien étiquetées recélaient des parfums de sa composition baptisés : « Romance enchantée », « Gai désir », « Envolée », « Mélodie d'amour », « Cœur flambé », ou encore « Fièvre noire », « Rose Tourment », « Fol baiser », « Rêve réalisé », « Servitude », « Fidélité », « Passionnément »... Elle en choisit un, jamais porté, qu'elle réservait au grand jour de l'Amour. « Pêche miraculeuse » était un savant mélange d'eaux marines, de larmes véridiques et d'huile d'un coco ramassé sur la plage de Roseau. Elle versa le contenu du flacon sur sa tête, s'en frotta le visage, les bras et les jambes. Noua un petit ruban blanc autour de son cou. Enfin, attrapa une cage en fer autrefois peinte en rouge, mais que la rouille avait dû commencer à attaquer bien avant sa naissance.

La cage, arrivée là on ne sait comment, renfermait encore le petit oiseau mort desséché de Néhémie. Si ratatiné qu'il aurait pu tenir dans le poing serré d'un enfant. Clothilde repoussa l'oiseau et ramassa avec délicatesse le bouton de rose rouge. Elle se coucha sur la poitrine de

Robert pour écouter battre son cœur, s'enivrer de ses mélodies. Mais elle entendit la mer comme dans un coquillage. Puis le galop d'un cheval. Enfin, les pas de l'amour s'approcher à mesure. Elle perçut des voix venues d'ailleurs. Des rires et des pleurs. Alors, le bouton de rose frémit, puis palpita, et les pétales se déployèrent les uns après les autres.

Couché dessus Clothilde, Robert sourit à la vie qui ballottait comme en mer, sur des eaux de hasard. À la vie et à l'amour qui déferlaient avec fureur, démâtant les destins. Il oublia Noémie, l'enfant qu'elle attendait. Oublia la vieille mulâtresse aux ongles noirs et crochus qui inventait du boudin les lundis. Oublia l'asile et ses créatures effrayantes. Il n'y avait plus que Clothilde et ses parfums qui avaient déjà chaviré tant d'hommes. Clothilde habitée par la violente certitude d'avoir enfin rencontré l'amour et non un bougre à la dérive, brinquebalé de vague en vague... Un quelconque revenant d'une noyade, la chair déchiquetée sous les dents d'un requin, les yeux dévorés par des petits poissons voraces, et la tête coiffée de coquillages... Un pauvre homme échoué en bord de plage, rejeté par la mer, rendu à la terre. Cette fois, elle tenait dans sa couche un pêcheur vivant, un homme de sel et d'eau, une figure de l'amour...

Pensive, seule dans sa chambre, pliant des vêtements dans ses valises, Sybille parlait à haute voix, rattachant les uns aux autres les souvenirs de Guadeloupe qui se bousculaient dans ses pensées.

« Je fais comme toi à présent », souffla-t-elle au portrait de sa vieille Lila qu'elle avait accroché au mur.

J'avais sept ans, lorsque cela est arrivé. Mon papa Robert et cette Clothilde, surnommée Ti Néné, découverts morts sur une couche, dans une case des hauteurs de La Basse-Terre. Les amis de Judes et Coraline croyaient toujours en discuter par-devers moi, à mi-voix, afin d'épargner mon jeune cœur et préserver mon âme. Mais je me souvenais clairement de ce matin-là où ma mère Noémie avait été prise de l'envie de boudin. Les mâchoires contractées, elle soutenait son gros ventre entre ses deux mains. Bien avant ce jour, des femmes lui avaient annoncé tantôt une fille, tantôt un garçon, selon la lune et l'arrondi de son profil. Elle riait de chaque prédiction.

Ce matin-là, elle avait demandé : « Robert, qu'est-ce que t'en dis, toi ? »

Il avait haussé les épaules. Le temps qu'il se retourne, pliée en deux, saisie par la fringale de boudin, Noémie se pourléchait les lèvres. Boudin de cochon, chaud, gras, luisant.

« Attends samedi, lui avait répondu mon papa.

— J'en veux maintenant. Pas samedi ! À présent même !

— Pourquoi tu te fâches comme ça ? Samedi prochain, tu mangeras du boudin. Le père Toto tue un cochon !

— C'est toi qui veux me tuer ! Aujourd'hui lundi ! Seigneur, épargnez-moi !

— Mais, qu'est-ce que tu racontes, Nono ! Mais qu'est-ce qui t'arrive ? Aujourd'hui lundi ! Tu trouveras nulle part du boudin...

— Je peux pas attendre samedi, Robert ! » Et elle était d'un seul coup tombée à la renverse, criant, trépignant, se fourrant de la terre dans la bouche ! « Du boudin ! Je veux du boudin ! »

De la terre plein les dents, elle réclamait du boudin en crachant une boue noire... « Du boudin ! Du boudin, Robert ! J'en ai tellement envie... » Et puis, elle s'était soudain tue. Ses grands bras noirs s'étaient mis à bercer plus vite son ventre. Sa robe était relevée sur ses cuisses. Elle me regardait comme si elle se préparait à mourir, là sous mes yeux.

Ce matin-là, après le départ de mon père Robert, elle m'avait tirée à elle pour me donner des baisers de sa bouche pointue pleine de terre. Des coups de bec durs.

Ce n'était pas la première fois que je voyais ma mère Noémie agir ainsi. Mais ce jour-là, j'ai vraiment craint cette Noémie qui était ma maman.

Je me souviens de son silence. De son visage grimaçant à mesure que les mots assenaient la mort de mon papa Robert, devenaient authentiques, définitifs et dégénéraient en cauchemars. Au bout d'un moment, Noémie avait chassé le monde. On s'était retrouvées seules.

Je me souviens : son ventre a commencé à former des bosses vivantes et terrifiantes.

Je me souviens : elle s'est tenue debout dans une mare d'eau.

Je me souviens de son hébétude quand le bébé est sorti. Elle n'a jamais crié. L'a regardé... Longtemps... Pendu entre ses cuisses. Tête en bas. Étranglé par le cordon. C'était un garçon. Il n'a pas survécu.

Après les deux enterrements, quand j'ai eu neuf ans, ma maman Noémie m'a emmenée à Pointe-à-Pitre, chez Judes et Coraline où elle avait travaillé avant son mariage. Elle m'a déposée là, fière, digne et folle des pieds à la tête. Plus tard, on a dû la conduire à l'asile de Saint-Claude où elle s'est éteinte sans comprendre ce qui avait fait basculer sa vie dans une telle déconfiture.

Parfois, Lila suspendait ce qu'elle s'apprêtait à faire ou à dire. Soudain, elle n'entendait plus les bruits du réel. Ouvrait les rideaux et s'accoudait à sa fenêtre comme si, en face, sur le toit de l'immeuble, des gens l'avaient appelée. Lila restait longtemps ainsi, ses yeux se plissant peu à peu. Attendait que sa tête dans sa main pèse trois siècles et que les antennes de télévision et les fils électriques se mettent à vibrer, se muent en personnages vivants, revenant tout droit de son passé, des zombies échappés de la brique rouge et des noires cheminées. Elle se forçait à s'engouffrer dans ses visions. À planter le décor. Contraignait son esprit à animer la brique, la ferraille et le plastique. Ça lui faisait du mal et du bien à la fois. Ça lui glaçait les sangs et lui détraquait le bas du ventre. À ces moments-là, elle se fichait bien que le soleil ne soit pas au beau mitan du ciel, s'en fichait que les nuages gonflent sa tête de cendres ou que le givre brode ses dentelles sur les vitres. Elle regardait passer des bus et des trains, et déambuler des hommes sur les fils électriques. Marcher. Et puis tomber. Trébucher. Et chuter les uns après les autres, à cause de leurs valises trop lourdes, vite bouclées qui contenaient leur vie entière, des livres de prières et aussi des photos retouchées de leurs vieux parents coiffés avec application. Des grands-pères aux cheveux teints qui souriaient sur commande en se tenant les mains. Les hommes portaient des mallettes noires et marron, en carton bouilli, refermées sur le nécessaire : brosses à dents, pyjamas à rayures bleues, chemises à col dur repassées soigneusement, cravates, chaussettes grises, ainsi que des titres de propriété, pour réclamer leurs biens après la guerre...

Derrière eux, des épouses et des mères vêtues de longs manteaux noirs malgré l'été, chaussures à semelles compensées et chapeaux à voilette sous lesquels glissaient les épingles et dégringolaient les chignons. Leurs paupières s'affaissaient car elles mesuraient plus vite que les hommes la hauteur du vide, le vertige et l'effroi. Même si ces femmes jaugeaient les précipices, elles s'approchaient, montaient dans les trains à bestiaux. Elles avançaient, n'envisageant déjà plus de retour. Quelque part, dans un sillon de leur cœur, une petite voix susurrait qu'elles ne retrouveraient jamais leurs douillets appartements. Époussetteraient plus les bibelots de faïence, caresseraient plus les draps pliés dans les armoires parfumées de lavande. Leurs yeux compteraient plus les brides sur les napperons au crochet confectionnés avant guerre, et disposés amidonnés sur les guéridons, les tables et les cheminées. Elles songeaient parfois à leurs gentils oiseaux en cage condamnés à mourir de faim et de tristesse. Elles pensaient à leurs plantes privées d'eau, de soleil et d'amour : géraniums, thuyas et rhododendrons qui avaient grandi dans leurs salons, et qui se faneraient peu à peu. Elles se revoyaient coudre des étoiles jaunes sur la laine noire des manteaux.

Étoiles qui ne venaient ni du ciel ni de la mer.
Étoiles à cinq branches découpées dans de la toile ordinaire à grands coups de ciseaux.
Traversées par l'aiguille et le fil.
Pressées au fer chaud sur le devant des manteaux.

Les femmes s'étaient soumises aux lois nouvelles, avaient obéi à tout ce qu'on avait ordonné. Elles levaient un pied après l'autre, s'obligeant à marcher d'un pas soutenu, sous le regard des hommes armés, comme si elles connaissaient déjà leur destination. Sans trembler, pareilles à des automates, elles exécutaient d'instinct les gestes maternels : empoigner avec fermeté la main des enfants pour qu'ils ne se jettent sous les roues d'une automobile, nouer les écharpes pour éviter les rhumes, attacher les lacets défaits pour prévenir les chutes...
C'était un jour d'hiver dans l'été 1942.
Des enfants, Sybille ! Tellement d'innocents montés dans ces bus et ces trains...
Les femmes se déplaçaient sur le toit de l'immeuble. Et à les observer, dans cette sérénité d'extrême composition, Lila espérait toujours qu'au dernier instant, juste avant leur chute, des ailes leur pousseraient sur le dos, parce qu'il y avait quand même un Dieu pour venir en aide aux malheureux rendus au bout du bout. Y avait un dieu tout-puissant que ces femmes invoquaient. Il pouvait tracer un chemin au milieu de la mer, changer les eaux du fleuve en sang, orchestrer un déluge...

Elles marchaient derrière les hommes sur les fils électriques en songeant à Moïse et à son peuple, pour ne pas sentir dans leur cou et sur leurs visages le vent glacé du néant. Et quand elles tombaient, leurs bouches restaient ouvertes. Un cri muet qui ne déchirait pas les oreilles de Lila, mais brûlait ses yeux qui se mettaient à briller et à s'emplir d'eau. Et longtemps, bien longtemps après, son cœur sursautait au bruit sourd des corps qui percutaient le fond.

Ce que Lila décrivait n'était pas frais du jour. Selon elle, ça sentait les œufs pourris, des effluves de chair décomposée, d'ongles et de cheveux grillés. Des relents d'un passé abominable qui empestait les pièces, accrochait des étoiles immondes au plafond et imprégnait les rideaux d'une puanteur plus tenace encore qu'un infect tabac. Lila secouait ses maigres bouclettes blondes permanentées. Ouvrait grand les fenêtres. Et jurait : « Merde, Sybille, un jour ils me laisseront bien en paix ! »

Ses cris avaient le pouvoir de renvoyer ces créatures à leurs ténèbres. Soudain, les bras et les jambes emmêlés en de tragiques postures sur le haut des immeubles reprenaient leur aspect d'antennes métalliques. Et les fils électriques redevenaient les perchoirs des pigeons de Paris. Quand je lui demandais qui étaient ces gens, Lila s'emportait et me dévisageait comme si, moi aussi, je sortais de ce cauchemar. « Tu sais bien, Billy ! maugréait-elle, tu sais bien... »

Ces fantômes ressurgissaient parfois à la télévision, dans des vieux films de guerre. Lila ne supportait pas ces images. Elle ordonnait aussitôt à Marcello de changer de chaîne. « Qu'on laisse les morts avec les morts ! Tout ça c'est de l'histoire ancienne ! Qu'est-ce qu'ils espèrent, Bon Dieu, à remuer cette époque ? Mets-nous Drucker, petit ! »

Un soir qu'elle avait bu trop de Johnnie Walker, ça avait été plus fort qu'elle, Lila s'était mise à dégoiser, cachée derrière la fumée de ses cigarettes Chesterfield. C'était avant notre départ pour l'Amérique. Bien avant qu'elle ne commence à être obnubilée par Henry. Ça la démangeait. Mais fallait pas que je lui pose de questions. Juste écouter, lui passer le cendrier et servir du whisky quand elle tendait son verre.

« Ils étaient au-dessus de ma tête. Là où vous êtes aujourd'hui, ton fils Marcello et toi. On est venu les chercher. Ils traînaient les pieds dans l'escalier. Y en avait un qui avait essayé de résister. Alors il avait reçu un coup sur la tête. Il avait à moitié perdu connaissance. Les autres l'avaient soutenu. De ma fenêtre, je les ai vus prendre un bus. C'est comme ça qu'ils ont disparu de ma vie. Ont basculé dans le vide. Après, oh ! des années plus tard, je les ai reconnus à l'écran. C'était peut-être pas eux, pas eux vraiment. Mais des personnes qui leur ressemblaient tellement, qui marchaient avec les mêmes étoiles, les mêmes manteaux noirs, les mêmes valises, et montaient dans des bus et des trains.

« C'étaient des personnes polies. Quand je les croisais dans le couloir, les hommes ôtaient leurs chapeaux. Les femmes ramenaient les enfants contre leurs cuisses. Y en avait une qu'était enceinte. Ils étaient discrets au possible. On les entendait jamais. Même pas les enfants, Sybille. Pourtant, y avait des enfants. Trois enfants et des oiseaux en cage... »

D'un coup, Lila fut tout entière aspirée par l'écho de cette époque qu'elle avait tenté de fuir cinquante années durant. Elle parlait comme si on lui dictait les mots. Les expulsait de la même façon qu'elle semblait se vomir, d'avoir été témoin de cette tragédie, impuissante, complice et peut-être aussi coupable. Les phrases étaient hachées, bancales, écartées comme autant de misérables dépouilles. Mais les mots, pièce après pièce, finissaient néanmoins par reconstituer le drame et les silhouettes des personnages d'antan, conférer un son aux cris muets des femmes et des enfants qui, les uns après les autres, avaient sombré dans le néant.

Trois enfants. Il y avait trois enfants, quatre femmes dont une enceinte. Cinq hommes. C'était l'année 1942. Ils avaient survécu neuf mois dans le deux-pièces au-dessus de l'appartement de Lila. Sans jamais ouvrir la fenêtre. Sortant aux heures autorisées. Rasant les murs, pour prendre place sur les trottoirs, dans les files, devant les étalages déserts des épiciers qui acceptaient, contre un pain dur ou du saindoux, de toucher l'argent et les tickets de ceux qui portaient l'étoile jaune. Neuf mois, ils étaient restés neuf mois, les uns contre les autres, comme dans le corps chaud d'une mère. On pouvait même pas imaginer les arrangements pour dormir, pour la toilette et l'intimité... Comment l'homme de la femme prête à accoucher avait pu oublier le monde autour, les étoiles jaunes sur les manteaux noirs, le défilé des bottes sur les pavés de Paris, les cartes de rationnement... Comment l'homme avait pu surmonter ses peurs, fendre à travers les bois peuplés d'ombres malfaisantes et s'enfoncer si loin, planter une graine de vie au ventre de cette femme, alors qu'il faisait si froid alentour, tellement froid dans son cœur ?

Trois enfants aux visages émaciés, devenus vieux et gris à force d'avoir tété le lait de la honte et puis grandi dans cette guerre qu'on qualifiait de Seconde et de Mondiale, au lieu d'immonde et d'infernale. Ils étaient vêtus de manteaux aux manches trop courtes qui les tiraillaient aux épaules. Des manteaux sur lesquels les mains des mères avaient incrusté des étoiles jaunes.

Trois enfants...

Avec sur leurs cœurs des étoiles jaunes cousues au point caché...

C'était juillet 1942...

Lila répétait plusieurs fois les mêmes bribes de phrases. Piétinait dans les sentiers de ses souvenirs. Revoyait les pauvres gens monter dans le bus en partance vers nulle part. Très loin dans l'inimaginable, sur une ligne sans retour qui perçait des couloirs de brouillard, survolait des ponts à moitié dévastés, se déroulait dans l'indicible. Fil tendu entre ce que sa mémoire avait gravé en elle et des clichés sauvegardés, en noir et blanc, vieux documentaires des temps de guerre et paroles des survivants des camps.

« D'abord, Sybille, y a eu des coups frappés à la porte. Et soudain, le vacarme au-dessus de ma tête. Un branle-bas de tables et chaises renversées, des cris de femmes et d'enfants. Et des mots qui jaillissaient du désordre par grappes : "Non ! Non ! Laissez-nous !" Et puis, le temps de boucler les valises, la cavalcade dans l'escalier. J'ai entrouvert ma porte. J'ai remarqué leurs visages. "Pitié ! Oh ! pitié pour les enfants !" suppliait une femme en s'agrippant à la manche d'un homme en uniforme. Je les ai regardés descendre, Sybille. Tous... Ceux qui traînaient les pieds. Ceux qu'on malmenait. Celui que ses amis soutenaient. Ceux qui avançaient, tête haute, avec l'étoile jaune accrochée à leur veste comme une fleur à la boutonnière. Ceux-là savaient déjà qu'il ne leur resterait bientôt plus rien, si ce n'est cette dignité dont personne ne pourrait les dépouiller... L'honneur et l'étroite liberté de garder les yeux ouverts sur leurs bourreaux. Sybille, j'ai vu les mains des enfants dans celles de leurs mères. Le ventre de la femme enceinte dans ses deux bras croisés. Une procession d'étoiles jaunes vers un bus déjà bondé. C'est bien plus tard qu'on m'a parlé du Vél' d'hiv' et du camp de Drancy...

« Après la guerre, tant que l'appartement est demeuré inoccupé au-dessus de ma tête, je les entendais, Billy. Tous, les hommes, les femmes et les enfants. Ils étaient revenus. Tu comprends pourquoi j'ai jamais voulu louer. C'était chez eux là-haut. La guerre était finie. Ils se retrouvaient pour danser et rire, boire, fumer, faire bamboche. Profiter de ce qui fait oublier ce qu'est la vie sur terre. Ils avaient plus à se cacher, à chuchoter, à marcher en chaussettes. Ils chantaient à tue-tête et buvaient jusqu'à perdre connaissance...

« Je peux pas compter les gens qui sont venus demander pour ce deux-pièces. Il est resté trente ans sans locataire. Quand j'y allais pour aérer, chasser les souris et secouer les tapis, rien ne bougeait. Pas de musique, pas l'ombre d'un fantôme ou le dernier couplet d'un oiseau en cage. Ils avaient leurs périodes. Parfois, ils ne remuaient pas un orteil pendant des mois. Et puis ils se réveillaient, les uns secouaient les autres. Je percevais d'abord les rires des enfants. Des rires clairs qui fusaient parmi des chansons... je connais la musique, mais je me souviens plus des paroles. Attends, ça faisait comme ça : Lalala la la la... Et les oiseaux sifflaient le même air... Et puis, des billes roulaient sur le plancher. Et les enfants commençaient à crier, pleurer, se chamailler et jurer comme tous les marmots, et se poursuivre à travers les pièces. Et les hommes se mettaient à boire, à causer d'amour jusqu'à étourdir les femmes qu'ils entraînaient dans des farandoles extravagantes qui duraient toute la nuit. Y avait plus que la danse, l'amour et la vie. Tu peux imaginer ça, Billy... »

Ce soir-là, elle m'avait retenue bien tard.

« Me laisse pas, Billy ! Regarde ! Tu les vois pas ? Regarde bien ! Devant toi ! Suis mon doigt ! »

J'avais essuyé la vitre avec le foulard qu'elle me tendait. J'avais écarquillé les yeux, pour surprendre, au moins une fois, dans la lumière du réverbère, d'autres formes que des cheminées, des fils électriques et des antennes de télévision sur le toit de l'immeuble d'en face.

« C'est bien vrai que tu les as jamais rencontrés, toi, Billy ? Tu les as jamais entendus ? C'est ça, ils rappliquent juste pour moi... Douze étoiles jaunes qui veulent pas monter au ciel... »

Elle avait ri, toussé et passé sa langue sur les coins desséchés de ses lèvres.

« Alors, ils croient vraiment que je suis pour quelque chose dans leur arrestation... Regarde, Billy ! Ils sont assis en haut de l'immeuble ! Ils nous observent...

« Trois enfants, je suis pas un monstre quand même...

« C'était des Français. Ça je le jure. Pas des Allemands, Billy ! Non, c'est pas possible que Hans ait été mêlé à leur arrestation... »

99

Ses yeux brillaient soudain, tandis que le passé envahissait le salon, avec toutes les couleurs de l'amour, le désordre et les sauts de cœur, les gestes fous, l'odeur grisante et le feu des corps.

« Hans !... Mais Lila, je pensais que Henry...

— Oui, oui ! Henry a été mon amour aussi. Henry était très particulier. Tu comprendras, c'est un homme rare, Henry... Mais il est arrivé après Hans qui avait disparu depuis le 20 août 43... Sois pas déçue, Billy ! Ça se fait dans une vie d'aimer plusieurs hommes ! »

Elle avait rigolé.

« Henry... Si tu l'avais connu du temps où il portait son uniforme de l'armée française ! Oui, on s'est aimés ! Il a toujours su qu'il y avait eu Hans avant lui. Longtemps, j'ai espéré une lettre d'Allemagne. Hans, il est sorti de ma vie comme il y était entré. Et tu vois, Sybille ! À l'époque où on se fréquentait, j'avais parfois honte. J'imaginais que les gens pourraient me dénoncer aux résistants, raconter que je fricotais avec un soldat de l'armée allemande. Mais j'étais amoureuse et y avait que ça qui comptait et ce qu'on se disait... Après la guerre ceci... Après la guerre cela... On se mariera. On fondera une famille, des enfants et j'en passe...

« Henry, il m'a consolée de Hans... Tu vas découvrir l'homme, le portrait d'un acteur noir américain dont je ne me rappelle plus le nom... »

Il y avait de la légèreté dans sa voix. Comme si, malgré son bavardage, ses projets de voyage, son entrain, elle avait conscience qu'il ne lui restait plus un très long chemin à parcourir sur la terre. Elle examinait déjà tout depuis l'autre rive. Elle apparaissait dans sa vérité, libérée de ses angoisses, débarrassée de ses tourments, affrontant son propre regard et celui de ses fantômes.

En même temps qu'elle revoyait la haute silhouette de Hans, elle se réjouissait d'avoir vécu autant d'amours. Elle avait parfois connu la honte de retrouver cette veste de l'armée allemande jetée sur le dossier d'une chaise de la salle à manger. La honte de regarder des bottes allemandes rangées au pied de son lit. La honte de refermer la porte derrière lui. Tant de honte mêlée à la passion. Tant de « Après la guerre » échangés... « Après la guerre, ce sera différent, Lila »... « Après la guerre, nous nous marierons, Hans »... « Après la guerre, nous voyagerons... »

Et tandis qu'elle songeait à la façon dont ils s'enlaçaient, semblables à deux enfants transis de froid, passant les heures à décoder des messages tendres et prometteurs dans leurs yeux, Lila souriait et remerciait sa mémoire de lui restituer intacts les moments d'amour partagés en son corps et son cœur.

« Ces hommes qui ont traversé ma vie... Y en a dont j'ai oublié le nom aujourd'hui. Des brutes! Des tocards, Billy! De vrais tocards! Mais va savoir pourquoi une femme se déshabille... Des fois, tu me croiras pas, je l'ai fait par pitié, pour qu'un pauvre type se sente pas plus bête qu'un autre. Des fois, je rêvais de Gabin pendant que celui qui me montait dessus s'imaginait que je mourais de plaisir pour lui. Je leur disais pas, tu penses bien!

« Je te jure, j'ai pas cherché Hans. Durant cette guerre, tu sais, y avait ceux qui crachaient sur l'uniforme allemand. Qui vomissaient les Allemands en bloc... Hitler, l'armée, les SS, la Gestapo, ils mettaient tout dans le même sac. Et puis, y avait ceux qui écoutaient de Gaulle sur Radio Londres, qui combattaient dans l'ombre... Le milieu du théâtre était pas clair. On était des artistes... Alors, au nom de l'Art, y en a qui vendaient leur âme pour un cachet... Mais y a eu aussi des histoires d'amour...

« Celle avec Hans...

« Tu me diras, ça fait fleur bleue, *Nous Deux*, cœur d'artichaut, tout ce que tu voudras. Y a pas assez de mots pour les histoires d'amour... Hans, il était à la terrasse du Flore. Nos regards se sont croisés. Tu sais, Billy, faut croire qu'il y a des trucs qui n'ont pas de noms et qui passent entre les êtres humains. Des ondes qu'on n'a jamais mesurées. C'est comme un sixième sens, tu comprends ça, Billy!... Un sixième sens qui se réveille seulement quand on rencontre la personne qui vous est destinée à ce moment de votre vie.

« On n'a même pas eu besoin de se parler. On s'est reconnus. Et puis, on n'a eu qu'à se donner l'un à l'autre.

« Je veux pas penser qu'il a été pour quelque chose dans l'arrestation des pauvres gens qui habitaient l'étage au-dessus. Mais quand il est parti, les fantômes m'ont plus jamais lâchée...

« Avec Henry, c'était pareil. Il avait ses fantômes à lui, là-bas aux Antilles. Sa mère Jenny, son père blanc qu'il avait jamais pu appeler *daddy* et son faux père, le triste palefrenier Michael, le fiancé de Jenny qui s'était pendu pour plus vivre dans le chagrin.

« Henry, il a débarqué dans ma vie avec son âme ardente, ses longues mains chargées de caresses. »

J'avais des rêves pour la nuit. Alors, je me suis levée. J'ai tiré le rideau sur les étoiles qui, perchées sur le toit de l'immeuble d'en face, déboussolaient Lila. Je prenais mon service à six heures le lendemain matin. Je songeais à mes malades, aux piqûres et aux prises de sang, à ma surveillante de la Salpêtrière qui ne tolérait pas le moindre retard. J'imaginais Marcello en Guadeloupe, auprès de Judes et Coraline.

« Attends, Billy !... Pars pas ! » Lila sentait fort le whisky et la cigarette.

« Écoute, je vais te confier une dernière chose que tu ignores, c'est que, dès que je t'ai vue, j'ai compris que tu aurais cet appartement. Oh, ça ! tu avais des paroles plein la bouche, un sacré baratin. Je t'ai laissée causer parce que, tout de suite, tu m'as rappelé Henry. La façon de glisser sur les *rrr*. Et puis, surtout, t'avais Marcello sur ton épaule, j'ai pas pu te résister. Quand je vous ai vus, j'ai su que les fantômes vous ficheraient la paix. J'aurais parié ma vie là-dessus... Pourtant, tu étais pas la première Noire à me demander l'appartement. Mais y avait ton bébé... Tu t'es pointée en 1976, si je me souviens bien...

« À cause de Marcello... À cause de lui aussi qu'il faut qu'on aille en Amérique rejoindre Henry, hein, Sybille. Promets-le-moi !

C'est vrai, Lila avait aussitôt pris Marcello dans ses bras, l'avait serré contre son cœur. Elle avait frotté ses joues poudrées sur celles glacées et rebondies de Marcello, lui avait caressé les cheveux et les mains. Il l'avait regardée sans rire, avec les yeux étonnés d'une personne qui se voit soudain reconnue par une amie restée longtemps à l'ignorer. Et elle avait pleuré. Il avait juste un an et il venait de rencontrer sa deuxième mère.

Seize ans plus tard, Marcello nous quittait pour la Guadeloupe. Et nous nous retrouvions seules, comme deux femmes délaissées par le même homme. Alors Lila avait commencé à ouvrir ses tiroirs secrets, à envisager d'aller retrouver Henry en Amérique. Marcello avait dix-sept ans. C'est bête à dire, mais il était encore notre petit Lolo. Même si on imaginait bien qu'on n'aurait plus assez de force pour le porter comme un bébé, on ne l'avait pas vu grandir. Parfois, j'étais surprise par ses membres qui me semblaient démesurés. Ses longues mains posées sur la table. Ses doigts effilés étreignant une petite cuillère, ses jambes poilues de géant dépassant d'un short, ses pieds immenses qui revendiquaient du quarante-six... Et les cadeaux de Lila ! Des vêtements toujours trop étroits, des jouets de bambin qu'il toisait d'un air méprisant... On remarquait à peine qu'il se courbait pour nous tendre la joue.

Il ne voulait même pas qu'on l'accompagne à Orly. Toutes les deux, on lui faisait honte. Lila l'avait retenu par la manche de sa veste et embrassé au moins dix fois en l'implorant de veiller sur lui, de revenir très vite. Il s'était sèchement dégagé. C'est à ce moment-là que je me suis rendu compte que je n'avais plus revu son corps nu depuis ses quatorze ans. D'un seul coup, je l'ai considéré dans son entier, gigantesque, un homme identique à son papa Gino, impatient de rompre avec une femme, empêtré dans les démonstrations d'amour. Comme il franchissait les contrôles de police, Lila avait crié : « Lolo! n'oublie pas ta vieille maman Lila, hein! » Il n'avait pas daigné se retourner pour un dernier adieu. La même démarche que celle de son papa Gino, le même petit dodelinement de tête... Pauvre Lila! Pour lui, elle avait ressorti l'un de ses sinistres manteaux à col de renard, des chaussures d'avant guerre, un sac verni. Elle était trop poudrée, maquillée outrageusement, et son rouge à lèvres bavait sur les côtés.

L'avion avait décollé. Accablée, je l'avais longtemps suivi des yeux dans le ciel, jusqu'à ce qu'il ne devienne plus qu'un point qui emportait Marcello loin de moi. Et Lila avait commencé à sourire, et puis à rire.

« Y a pas de mystère, Sybille! Faut qu'on aille à New York! Ha! ha! ha! Si je m'attendais, après cinquante ans... J'ai l'adresse de Henry, là-bas. Faut plus tarder, hein! Et je veux que tu sois avec moi quand je reverrai Henry...

Elle n'avait dès lors plus parlé de Marcello. Elle s'était remise de manière subite de son départ. Regaillardie, elle blaguait, se frottait les mains et ne rêvait plus qu'à gagner au plus vite l'Amérique. Un besoin impérieux d'Amérique, surtout l'urgence d'être auprès de Henry. Elle ne songeait plus au mal que Marcello nous avait causé, à ces larmes versées, aux paroles qui s'étaient avérées inutiles. On l'avait tour à tour menacé, supplié, cajolé. Je lui avais présenté mille excuses. Mille pardons pour mes cent mensonges. Et Lila avait évoqué la Vie, ses complications, l'imprévisible, ainsi que le sens obscur du monde où parfois les adultes s'engouffraient, s'égaraient. Elle lui avait expliqué les erreurs de jeunesse traînées comme des valises encombrantes, des années durant, de ville en ville, dans les hauts et les bas de l'existence. Malles demeurées longtemps closes sur la douleur du mensonge, sur des souvenirs un peu glauques, des manques, des « j'aurais dû », des omissions et des peurs sèches. Valises un jour éventrées, par accident ou lassitude, et qui livraient aux regards ébahis des secrets désuets, des révélations fracassantes, des fioles brisées, des chaînes, des clés qui n'ouvraient plus aucune porte, des témoignages : lettres compromettantes, reconnaissances de dettes et mots d'amour périmés. Marcello avait grimacé. Elle avait narré le drame des années de guerre et d'après-guerre, lui avait raconté les cartes de rationnement, le théâtre et l'amour inconséquent. Mais, distendues comme des cordes usées, nos paroles ne parvenaient plus le retenir. Il n'avait que le mot « Guadeloupe » en bouche. Il ne voyait que cet horizon-là sur lequel trônait son père ressuscité par Marie la jalousie et sa terre à explorer... Des reproches plein les yeux, il ne comptait plus que les temps perdus et le nombre des non-dits.

Au début, Lila s'était refusée à comprendre la colère de Marcello. Elle vivait cette nécessité d'un père comme une trahison. « À quoi bon un père, marmonnait-elle, puisque tu as deux mamans ! » Et puis, peu à peu, ce sentiment avait dérivé. Elle avait fini par se convaincre que c'était un pied de nez que lui faisait le destin. Répétait chaque jour : « C'est pas pour connaître son père qu'il a envie de partir, c'est pour que moi j'aie mal ! Et c'est vrai que ça me fait mal, Sybille ! Oh, je souffre plus que toi !... Ça c'est bien calculé, tu peux pas savoir comment c'est calculé ! Mais c'est qu'un juste retour des choses ! À soixante-dix ans, si je m'attendais... »

Pendant ce temps, j'avais honte pour lui et pour moi. Il soutenait mon regard. Il ne voulait plus rester docile à subir les discours de Lila qui n'allait jamais au bout de ses phrases et mêlait le passé et le présent, le réel et le rêvé, les morts et les vivants d'une manière abracadabrante, voguant d'une histoire et d'un temps à un autre, dans une confusion qu'elle semblait parfaitement maîtriser mais qui nous échappait toujours.

Elle le harcelait : « Pourquoi tu veux encore me quitter ? J'ai plus peur de rien ! Tu as manqué de quelque chose ? Dis-moi ce qu'il te faut... Raconte-moi ton problème ! » Elle le suppliait : « Laisse pas ta vieille maman, Marcello ! Cette fois, j'en mourrai si tu t'en vas... Ton papa est en vie. Eh ben ! qu'est-ce que ça peut nous ficher ! Il s'est jamais occupé de toi. C'est pas parce que Billy l'a enterré trop vite que tu dois nous plaquer comme ça ! »

Elle répétait : « Pars pas là-bas, Lolo ! Qu'est-ce que ça fait ? Tu es noir, je suis blanche ! Mais je suis ta maman quand même... Et on s'en fout des gens, pas vrai ! »

Après les remontrances, on l'avait boudé, près d'un mois, pour qu'il soit malheureux, nous dise qu'il nous aimait encore, que la crise était passée. On se taisait quand il arrivait. On mangeait en silence. Et, prétendument captivées par les images de la télévision, on ne levait plus la tête lorsqu'il rentrait de ses virées. Je ne saluais plus ses nouveaux amis : des Antillais de Paris et d'ailleurs, débarqués de lointaines banlieues, qu'il ramenait chez nous. Mauvaises fréquentations, fumeurs d'herbe, joueurs de tambour aux yeux jaunes et fuyants, demi-rastas à bonnets bariolés, l'air sournois de voleurs aux aguets, qui jargonnaient un créole farci de mots anglais. Quant aux filles, je leur prêtais par avance tous les défauts de la terre, les soupçonnant surtout de le monter contre nous.

On ne se parlait déjà pas beaucoup quand on a rencontré Marie la Jalousie sur le quai de la station Raspail. Je ne savais plus comment le prendre. Marcello avait dix-sept ans et voilà que Marie lui apprenait d'un coup que son père était toujours en vie, et que je n'avais fait que lui mentir depuis le début. C'était exactement ce qu'il attendait. Il a cessé de m'adresser la parole, me dénigrait et restait claquemuré dans sa chambre, vautré sur son lit, les bottes aux pieds, à écouter de la musique antillaise.

Je lui ai demandé pardon, lui ai raconté l'histoire de Gino et Marie. Mais on n'a jamais pu recoller les morceaux. Un soir du mois de mars, il s'est exclamé : « Je vois la Guadeloupe ! Je vois mon père ! Toi, tu penses que je suis là, dans cette cage ! Mais je suis là-bas. Je suis libre comme un oiseau. Je vole avec mon père ! » Il souriait en battant des ailes. Y avait de la provocation dans sa voix, des petits éclats de haine aussi.

Le lendemain, je suis allée acheter son billet à l'agence de la rue Victor-Hugo. Il s'est envolé trois jours plus tard. Jusqu'au dernier moment, Lila a espéré qu'il repousserait la date de son départ et qu'on fêterait ensemble son anniversaire, qu'il soufflerait ses dix-huit bougies à Paris. Il avait juré d'être de retour avant septembre, pour rattraper sa classe de terminale.

L'Amérique, après le départ de Marcello, Lila m'en a rebattu les oreilles sans arrêt, de mars à juin. Elle s'est occupée de son passeport sans même savoir si Henry accepterait de la recevoir. Elle a envoyé son courrier début avril. Une semaine plus tard, elle a reçu une lettre d'Amérique qu'elle a agitée devant mon nez pendant près d'un quart d'heure avant de me la lire. Henry l'attendait, voulait qu'elle saute dans le premier avion pour New York.

Henry ne s'était pas remarié après la mort de sa femme, Lana. Ses enfants avaient bien réussi. Michael travaillait sur la côte Ouest, dans une grande compagnie informatique, Rodgers vendait des voitures ; James-Lee cuisinait avec son père au restaurant The Kreyol, et Sundra, avocate, avait enfin ouvert son cabinet dans un quartier huppé de Harlem.

De mars à juin, Lila m'a suppliée de l'accompagner. Elle disait : « J'irai pas sans toi, ma Billy ! J'aurai pas la force ! Je peux pas y aller si t'es pas là... J'aimerais pas mourir sans avoir revu Henry... Prends ma tension ! J'ai plus de pouls, Billy... »

Quand je lui répondais qu'il fallait que je reste à Paris, au cas où Marcello reviendrait avant septembre, elle haussait les épaules et me dévisageait comme si je faisais semblant de ne pas comprendre.

« Tu le retrouveras, ton fils ! Tu as tout le temps pour ça ! Moi, faut que j'y aille avant qu'il soit trop tard. Tu sais pas comment je suis vieille, Billy ! Tu vois pas comment je suis usée. Tu as pas pitié. Si je tire ma révérence tu le regretteras. Tu peux pas imaginer ce que ça ronge, les regrets ! J'ai plus que toi ici, Billy ! »

Au début du mois de juin, Lila refusa de manger. Je n'avais pas insisté. Moi-même, depuis le départ de Marcello, je ne préparais plus de vrais repas. Je grignotais un peu à l'hôpital. Quand je rentrais, je m'installais devant la télévision et je me morfondais près du téléphone. Marcello appelait rarement. Lorsque j'allais visiter Lila, elle passait son temps à dérouler sa vie. Elle me parlait toujours de sa fin prochaine, de l'Amérique, et de Henry qui l'attendait. Je lui en voulais de ne pas s'inquiéter de Marcello, de constater qu'elle l'avait si vite effacé de ses pensées.

Elle avait commencé à se déplacer avec difficulté, à lever le pied, comme si chaque pas était une marche d'escalier. Elle s'entretenait avec les antennes et les fils électriques de l'immeuble d'en face, se chantait des chansons d'amour et pleurait doucement en écoutant la voix de Billie Holiday *God Bless the Child* et *When your Lover Is Gone*. Je pensais la connaître mieux que le fond de ma poche. Sa tension était correcte pour son âge. Jusqu'à ce je la trouve, un soir, inconsciente, étendue au milieu du salon, j'étais persuadée qu'elle jouait la comédie. J'avais alors prié pour qu'elle ne soit pas morte, qu'elle ait le temps d'aller voir son Amérique. Supplié Dieu de lui accorder encore un peu de souffle. Et je tremblais pendant que le médecin de nuit l'auscultait d'un air peu convaincu. « Elle a soixante-dix ans... Il ne faut plus la contrarier. Peut-être devrait-on l'hospitaliser... Vous êtes une parente ? » me dit-t-il en griffonnant des noms de médicaments sur une ordonnance. J'avais promis d'accompagner Lila en consultation chez son cardiologue et refermé la porte sur un homme voûté qui semblait porter sur le dos toutes les maladies diagnostiquées depuis le coucher du soleil.

« T'as pas répondu au docteur, Billy ! me cria Lila de sa chambre.

— De quoi tu parles, Lila ?

— Ben ! t'es une parente ou pas ? »

Son visage était défait, ses paupières lourdes. J'imaginais son cœur à bout de course, prêt à lâcher d'une seconde à l'autre. Alors, je m'étais assise au bord de son lit et lui avais murmuré à l'oreille que j'étais sa fille et qu'on allait bientôt s'envoler pour Amérique.

Marcello avait téléphoné le lendemain. Sa voix manifestait une exaltation qu'il s'efforçait de contrôler. Il parlait avec précipitation. Il avait vu son père. Oui, Judes et Coraline étaient géniaux. Non ! il ne fumait pas d'herbe. Oh ! il était tellement content d'être en Guadeloupe. Il n'avait pas encore rendu visite aux parents de son père. Il adorait le pays. C'était la saison de la récolte des cannes. Il y avait des chars sur toutes les routes. Il avait mangé de la canne ! Son père l'avait emmené goûter de la canne ! Pour la première fois de sa vie, il avait planté ses dents dans une canne à sucre ! Il avait appris à sucer et avaler le jus d'une canne à sucre ! Oh ! il savourait la Guadeloupe !!!

Quand je lui avais annoncé que Lila et moi allions bientôt embarquer pour l'Amérique, il n'avait rien eu à ajouter, sinon : « Ah ! c'est bien, c'est chouette... »

Le 5 juin, deux jours avant notre départ pour les États-Unis, je m'étais assoupie sur le canapé de Lila et j'avais rêvé de Marcello, là-bas en Guadeloupe, marchant dans les pas de Gino. Il y avait aussi Judes et Coraline. Et puis Clothilde et mon papa Robert, morts sur une couche, dans une case de Basse-Terre. Je m'étais revue enfant, avec Marie la Jalousie, la fille de Nitila, mimant les amants célèbres et chantant ces cruelles chansons d'autrefois...

Boudin chaud
Boudin froid
Le diable est passé par là

Boudin chaud
Boudin froid
La mort est passée par là...

Je m'étais réveillée avec ce refrain dans la tête. Et la figure de Marie la Jalousie devant les yeux. Tous ses visages prêtés à chaque âge de sa vie. Marie à huit ans. Marie à vingt ans. Marie à trente-neuf ans...

113

Ce matin-là, ma vieille Lila s'était levée, des paroles plein la bouche. Tellement réjouie de partir en Amérique. Fallait qu'elle raconte, accole les mots les uns aux autres... comme pour combler les failles de l'histoire de sa vie... comme pour me préparer à rencontrer Henry, l'illustre revenant de son passé. Elle avait aligné les petits flacons, les vases de cristal et les porcelaines. Elle en mesurait enfin le contenu et semblait rassérénée. Elle les secouait, cherchant les mots les plus évocateurs pour arrêter le temps d'avant, ses amours et sa guerre.

« Henry... oui, je peux te garantir qu'il m'a consolée de Hans. Tu te rends compte, un Noir! J'aurais jamais cru que ça me serait arrivé de me retrouver au lit avec un Noir. C'est pas des choses qu'on imagine quand on a vingt ans. Tu comprends ça, Billy! C'est pas dans la norme... Pourtant, à cette époque, j'en avais déjà connu, des hommes. Je peux même pas les compter, tu penses...

« Henry, il était fringant dans son uniforme. Un beau et large sourire sous son calot kaki...

« Je sais pas trop ce qui m'a pris. J'étais à une terrasse de café... Tu rigoles, toujours ces rencontres de bistrot, comme avec Hans, et tant d'autres... Au Porte-Bonheur, si je me souviens bien. Ça te dira rien. Il a fermé deux ou trois ans après la guerre. Le patron avait pas mal roulé avec le marché noir. Il était repéré. Il avait la réputation de trafiquer des vins venus d'Espagne et du Portugal dans des valises trimballées par des vieilles femmes. Et puis des quantités d'alcools forts qu'il servait dans des tasses à thé à une clientèle de fidèles. Mais, il avait aussi caché des Juifs, des résistants et des Anglais dans sa cave, entre les bouteilles de vin, les sacs de pommes de terre et les jambons de Bayonne. Et ça l'imposait comme un brave. J'ignore ce qu'il est devenu. Il s'appelait... Je veux pas déformer son nom... Il s'appelait... bah! ça n'a plus d'importance, Sybille. Qui a besoin de connaître son nom? Après cinquante ans...

« Faut pas oublier que la guerre avait tout chamboulé. On avait passé tant d'années à vivre au jour le jour qu'on s'y était accoutumé.

« Pour nous, y avait plus de différence entre le bien et le mal. On avait vu comment la guerre avait commencé, de quelle manière terrible elle avait duré. Ce qu'elle avait fait de nous... C'est peut-être pour ça que j'ai aimé autant d'hommes, Sybille. Peut-être à cause de la guerre que j'ai compris que l'amour, fallait le prendre quand il se présentait. Et pas se donner des airs. Et pas le laisser filer. Jouir de son corps... Parce qu'y avait que ça qui nous restait... Tu piges, Sybille...

« Me condamne pas... Y a trop de juges sur la terre... On en avait besoin pour s'étourdir, pour plus être dégoûté de ce monde souillé par la boue et le sang de la guerre. Plus penser aux hommes en armes dans les rues de Paris, aux tanks, aux chars et aux étoiles jaunes... Se persuader que la vie n'était pas un cauchemar, Billy. Qu'on pouvait pas en rêver une meilleure. Et que partout ça sentait bon l'odeur des corps en amour, des parfums d'amants... Dans les bras de mes hommes, Sybille, je me suis crue éternelle.

« Henry... Ce grand Noir, il m'a épatée. Tu sais, des bandes de filles allaient Au Porte-Bonheur après le boulot. C'était la première fois que j'y mettais les pieds depuis le départ de Hans, en 43. Depuis la fin de la guerre, en fait... Elle s'appelait Corinne, la fille qui m'avait entraînée là.

À l'époque, on bossait ensemble chez Messaline Dedray. On cousait des dessous chics à la main, des jupons, des culottes et des soutiens-gorge pour les femmes qui avaient les moyens de se payer le luxe des dentelles. On se pliait à tout chez Messaline, couturières, vendeuses et aussi bonniches. On s'était connues au théâtre. Elle avait un talent fou, Corinne. Mais en 52, elle a renoncé à sa carrière lorsqu'elle a succombé à un drôle d'oiseau qu'est devenu son mari. Je la revois, les joues en feu et la bouche en cul de poule quand elle m'a annoncé qu'elle arrêtait le théâtre par amour. "Il m'a demandé de choisir, Lila... Je suis heureuse, tu peux pas te rendre compte. Non, c'est pas un sacrifice, je l'aime comme une dingue. Non, je regretterai pas." Pardi, vingt ans après, je l'ai retrouvée par hasard sur le Boul'Mich'. Usée, la Corinne... Livide, cassée. Divorcée, cinq mioches dans les pattes. Et son corbeau, volatilisé avec les économies d'un pavillon de banlieue qu'ils s'apprêtaient à acheter. Envolé au bras d'une midinette qu'avait même pas la moitié de son âge !

« Ben, à l'époque du Porte-Bonheur, elle était pimpante et splendide, Corinne. Henry s'est pointé avec trois gars en uniforme qui braillaient des chansons militaires. Quatre bonshommes. Deux Noirs café noir et deux autres, dont Henry, café au lait. Ils en étaient à leur cinquième bar et mélangeaient l'anglais, le français et le créole au fur et à mesure que les alcools se brouillaient dans leur sang. Les autres filles étaient installées comme des potiches sur les genoux de soldats. Ça s'embrassait à tort et à travers. Restait plus que nous deux, à notre table, seules devant nos tasses de thé à attendre l'amour. Ils nous ont vite repérées. Henry nous a fait de l'œil. Moi, j'étais brune cet

116

été-là. Corinne, rousse. Une vraie. Avec des taches de rousseur, la peau très fine et diaphane. De belles gambettes de danseuse étoile. On nous surnommait les Inséparables. Ça a duré l'année où j'ai travaillé chez Messaline. Après, on s'est perdues de vue...

« On a souri à Henry. Tu sais, du sourire niais des filles qui peuvent prêter leurs corps en un rien de temps mais jouent les mijaurées pour faire croire qu'elles sont vierges.

« J'avais caché à tout le monde ma liaison avec Hans. Je voulais même plus m'en souvenir. Mais ce secret m'étouffait déjà. Je ne m'étais jamais affichée. On se voyait dans mon appartement. Peut-être bien que j'aurais été tondue après guerre si on l'avait appris. Car il fallait quand même qu'il grimpe jusqu'ici, qu'il croise des gens dans les couloirs et l'escalier...

« Faut que tu imagines l'époque... L'été 44. Tu peux pas savoir la folie de la Libération... La foule dansait dans les rues. Les femmes embrassaient des inconnus à pleine bouche. Nos sauveurs en uniformes ! Corinne et moi, on n'a pas tardé à tomber dans les bras des Nègres. C'était excitant, tu peux pas te rendre compte. On sentait leurs cuisses plus dures que la pierre sous nos fesses. Y avait pas de comparaison avec les Blancs qu'on avait fréquentés. Aucune, je peux te le jurer. Ils étaient comment... des mâles, oui, mais comme venus d'une autre planète. Et ça donnait des frissons. Des hommes coulés dans le bronze... Ouais, c'est ça : des statues de bronze qui se seraient transformées en hommes de chair. Ouais, ils avaient gardé les reflets du bronze sur leurs peaux. Et leurs sourires, Sybille. Des dieux, je te badine pas ! Des dieux ivres descendus du ciel juste pour nous deux, Corinne et moi.

« On a siroté du whisky. Près de trois heures à se faire offrir de l'alcool. On n'a même pas réalisé quand un café noir et un autre café au lait ont disparu. On s'est retrouvés à quatre à se peloter et à se bécoter pour fêter la victoire, la fin de la guerre et le feu qui prenait dans le corps. À quatre devant nos tasses à thé remplies à ras bord de scotch...

« Corinne, elle avait hérité du grand Noir. Jeffrey, si ma mémoire est bonne, Jeffrey qui était un vrai Américain d'Amérique. Longs doigts, les ongles bleus. La danse dans le sang, un swingueur du tonnerre. Il marchait pas comme tout le monde, Jeffrey. Y avait des petits nuages sous ses pieds, des bulles ou des oiseaux qu'il craignait d'écraser. Alors, il sautillait, léger, si aérien que ça nous donnait des ailes. La vie semblait moins lourde à ses côtés. Quand j'ai revu Corinne vingt ans plus tard, on a fouillé dans nos souvenirs. On a évoqué nos deux Noirs, forcément... Elle, piétinée par la vie qui pesait la tonne sur son cœur, et moi tourmentée par les fantômes de la guerre, ça nous a requinquées de causer de Jeffrey, le Swingueur. On a plané un moment. On a ri en songeant à nos corps d'antan, jeunes et aguichants, qui ne lorgnaient rien d'autre que l'amour.

« Moi, j'avais Henry pour moi toute seule. Noir café au lait. Cheveux ambrés et lèvres roses. Tu vois le genre, Sybille. Il parlait sans arrêt de sa mère, Jenny par-ci, Jenny par-là. Jusqu'au lit, il m'a rebattu les oreilles avec sa Jenny.

« Au fait, le nom de l'acteur m'est revenu cette nuit : Harry Belafonte, c'est son jumeau qu'on va rejoindre en Amérique. Oui, madame, son portrait craché ! Et j'exagère pas... »

Lila s'était tue. Mais pendant qu'elle buvait son café noir à petits traits, son esprit avait continué à rassembler les souvenances de ses amours avec Henry.

Le premier soir, Henry avait ôté ses chaussures, marmonnant des propos incompréhensibles d'où émergeaient Jenny, un certain Isidor et le cavalier Michael. Puis il s'était effondré sur la couche de Lila. Elle avait posé la tête sur sa poitrine et s'était endormie à son tour.

Le lendemain matin, Lila s'était réveillée la première, avec un sacré mal de crâne, se demandant pourquoi elle avait ramené un Nègre dans son appartement. Elle avait fait un brin de toilette, poudré ses joues et barbouillé ses lèvres avec son bâton de rouge. Henry n'avait pas bougé. Elle avait refermé la porte et s'était précipitée chez Messaline.

Lila avait consacré sa journée à écouter Corinne lui conter les exploits de Jeffrey. Pendant qu'elles ajustaient des dentelles sur des petites culottes, à la pause-déjeuner et jusque tard dans l'après-midi Corinne ne cessa de vanter le génie amoureux de Jeffrey. Selon elle, son Noir café noir était un dieu parachuté dans son lit. Un type d'homme comme il n'en existe pas sur la terre.

« Un Noir! tu te rends compte, Lila! J'aurais voulu mourir dans ses bras tellement c'était divin! Je me suis vue trois cents fois proche du soleil. Il m'a fait grimper au ciel, je te jure, Lila! »

Henry était en permission. Lorsque Lila rentra ce soir-là, il l'attendait au salon, calé dans un fauteuil, un whisky à la main, ses grandes jambes allongées et croisées devant lui.

119

« Je t'emmène Au Porte-Bonheur, baby. *Do you want that ?* »

Elle avait protesté : « Non, j'ai des vertiges. Je sors pas. Je vais me coucher. » Elle s'était glissée dans son lit avec l'espoir qu'il se lève et disparaisse de sa vie. Mais il l'avait suivie. S'était étendu tout habillé auprès d'elle. Avait commencé à lui caresser le visage. Puis les cheveux. Les oreilles. La nuque. Il avait déposé des baisers sur ses tempes. Dans son cou. Sur ses seins. Il avait promené ses lèvres sur son ventre. Entre ses cuisses. Et Lila ne l'avait pas repoussé. Elle avait au contraire maintenu la tête de Henry dans ses deux mains. Combien de temps étaient-ils demeurés ainsi ? Elle, pétrifiée de plaisir, et lui, patient, généreux, attentif à son désir. Combien de temps à entrer dans l'ivresse ? Quand elle décida qu'il soit en elle, elle desserra ses doigts et leurs bouches se frôlèrent, se goûtèrent avant de s'unir pour de bon. Combien de temps dura ce baiser ? Lila n'en avait plus la moindre idée. Tandis qu'il se rigidifiait et pesait lourd sur elle, statue de bronze, il lui avait demandé l'autorisation de retirer son pantalon. Sans mot dire, Lila avait elle-même défait la boucle de sa ceinture kaki. L'avait déshabillé. Et puis, peau contre peau, leurs corps s'étaient adonnés l'un à l'autre. Peau noire contre peau blanche. Bras et jambes mêlés de sueur au milieu de cette nuit de l'été 1944. Combien de temps s'était-il perdu en elle ? Combien de temps avant qu'il ne commence à lui parler de mariage ?

Lorsqu'il était resté seul chez Lila, ce jour entier, Henry avait beaucoup réfléchi, arpentant de long en large la chambre et le salon. Enivré par le parfum d'un foulard qui traînait sur un fauteuil, il s'était revu avec son bataillon, sous le feu de l'ennemi. Une nuit à tenir... Décembre 1943. Une campagne en Italie du Nord. Ça explosait partout autour d'eux. Et ça criait, surtout. Ça hurlait de peur. Ça suppliait... « Mon Dieu ! Oh ! Mon Dieu ! épargnez-nous ! » Des voix distordues de douleur. Alourdies par le sang qui giclait soudain dans la gorge. Des bouches à peine arrachées au lait de leurs mères et qui n'avaient pas eu la chance de téter aux seins d'autres femmes. Ces femmes dont ils rêvaient chaque nuit et qui les consolaient d'être des hommes en armes sur la terre. Ces femmes tout en lèvres et en fesses qu'ils pénétraient en songe, avant de sombrer dans des trous noirs...

Un tel gâchis de bleus... Blancs, Noirs, Rouges, Jaunes... Des jeunes garçons qui avaient, comme lui, quitté un coin de la Caraïbe, de l'Afrique du Nord, de l'Asie, de l'Océanie, de l'Amérique... pour courtiser la mort en Europe, sacrifier leurs vies dans une bataille dont ils n'avaient pas mesuré l'horreur, dont ils ne comprenaient pas vraiment les origines. Une guerre où ils s'étaient engagés, avec de la bravoure à revendre, et le sentiment sincère d'appartenir à une même France éparpillée de par le monde. Une France qu'ils chérissaient et s'évertuaient à servir de tout cœur. Alors, ils obéissaient de leur mieux aux commandants de la division française libre venue rallier les troupes anglaises et américaines débarquées en Sicile, en juillet 1943. Des Blancs qui leur avaient inculqué la discipline et le maniement des armes. Des chefs qui les considéraient comme des hommes. Et qui, dès l'approche du Vieux Continent, leur avaient chaque jour promis la fin imminente des combats, des médailles, ainsi que des femmes en quantité, grâce à la gloire qui s'attachait toujours aux pas des militaires.

« Qu'est-ce que tu fais si t'en réchappes ? » s'était enquis un Martiniquais d'à peine vingt ans. Isidor Deblavieux... Henry le revoyait derrière son talus, le fusil tremblant dans les mains. « Qu'est-ce que tu prévois ?

— Je me marie avec la première qui me donne son corps sans paiement. Je le promets devant Dieu », avait répondu Henry, avant d'ajouter : « Et toi, de quoi tu rêves, Isidor ?

— Moi, je retourne en Martinique dès que la guerre est terminée et je demande pardon à ma mère de l'avoir traitée de putaine parce qu'elle a eu sept enfants avec sept bougres différents. » Isidor avait essuyé une larme sur sa joue. « Tu sais, je connaissais rien de la vie. Quand je suis parti, je l'ai même pas embrassée, ma mère, tu te rends compte, Henry !... Ma mère Nini, je l'ai même pas regardée quand elle s'est mise à pleurer à cause de moi. Même pas tendu un mouchoir. J'ai continué à l'injurier jusque dans la rue. Et puis j'ai embarqué dans un canot de dissidents pour rejoindre la Dominique où les recruteurs des Forces françaises libres nous attendaient.

— Ouais, avait concédé Henry en songeant à Jenny et à son père, George Mac Dowell. Tu peux pas savoir ce qui pousse une femme à coucher avec un homme...

— Faut pas dérespecter la femme, Henry ! Jamais faut jurer qu'une femme c'est une salope. Sa propre mère et les autres. Jamais faut s'abaisser à ça... Alors, si je m'en tire, la foi en Dieu, j'irai implorer son pardon, à Nini. J'irai me repentir et lui confesser que je suis rien d'autre qu'un pauvre couillon. J'irai directo lui baiser les pieds, à Nini. Et je la remercierai de m'avoir enfanté. De m'avoir porté dans son ventre. Et de m'avoir conçu avec deux yeux qui voient clair, deux jambes valides, deux bras et... »

Isidor avait reçu la décharge en pleine poitrine. Le tir de mitraillette avait atteint Henry au bras en plusieurs endroits. Il n'avait pas tardé à mourir, Isidor. Les doigts recroquevillés sur son fusil. Les yeux ouverts pour emporter une image de la vie dans laquelle, peut-être, Nini aurait surgi au mitan des bombardements.

Henry avait été transféré dans un hôpital militaire. Il avait été soigné par des femmes, infirmières bénévoles, formées au jour le jour, à panser les plaies et tenir la main des agonisants. Il n'avait pas vécu la Libération de Paris. N'avait pas non plus défilé sur les Champs-Élysées, derrière les chars victorieux de la 2ᵉ DB commandée par le général Leclerc et les chefs qui leur avaient fait miroiter des médailles et des filles à profusion. Il était monté à Paris la semaine suivante.

Et c'est vrai qu'il y en avait des femmes, offrant leurs corps aux libérateurs comme ces petits gâteaux parfumés que Jenny servait à l'heure du thé aux invités de Mrs Mac Dowell. Elles ne regardaient pas à la couleur. Elles tendaient leurs bouches au premier venu. Leurs lèvres rouges, semblables à des cerises-cherries piquées au bas du visage. Leurs joues rougies par la chaleur du mois d'août. Leurs prunelles de saphir et d'émeraude, papillonnant sous l'accent noir des sourcils. Leurs cheveux en bouclettes et frisettes. Leur peau blanche. Si pâle, ami... Et le vent impudent qui veillait à lever leurs jupes et dévoiler d'autres attributs affriolants. Des jambes galbées, des cuisses rosées, des jarretelles et des dentelles blanches et azurées. Les femmes avaient investi les rues, les trottoirs, les balcons, les fenêtres des immeubles, brandissant le drapeau de la paix. Paris était femme dans le cœur de

Henry. Paris en bleu, blanc, rouge et rose... emblèmes de liberté.

Ce fut ainsi qu'apparut la capitale de France à Henry aux lendemains de la Libération. Pays de bonheur partagé où les vainqueurs triomphaient. Pays d'amour libre. Pays paradis pour lequel il était fier de s'être battu, même s'il ne parvenait pas à oublier ses frères d'armes déchiquetés qui ne seraient bientôt plus que des noms au bas des monuments aux morts pour la patrie.

Lila était la première à lui avoir donné son corps sans paiement. *God !* une Parisienne ! Une petite brune au nom de fleur, ça c'est le chic ! — aurait déclaré Isidor. Une petite poupée blanche avec de grands yeux bleus, pareils à ceux de son père, George Mac Dowell.

Alors qu'il était couché sur son lit d'hôpital, Henry avait souvent ressassé les paroles de son pauvre camarade. « Faut pas dérespecter la femme, Henry ! Jamais faut jurer qu'une femme c'est rien qu'une salope. Sa mère et les autres... » Et il s'était revu dans les cuisines de Hamilton's Gardens, préparant avec Jenny les repas des Mac Dowell.

« L'infect George Mac Dowell ! Qu'est-ce qu'il veut encore ?

— Oh ! *This lousy, this vile* George Mac Dowell, tu as pas fini de supporter sa peine, *mummy* ! Tu en as encore pour combien de temps à le considérer *like a poor bloke* ! »

Jenny gardait le silence.

« Oh ! *Mum !* laisse-le sonner sa cloche ! Laisse-le sonner jusqu'à ce qu'il s'amène pour que je lui crache ses vérités et que je l'appelle *daddy*, jusqu'à ce que ça lui écorche le cœur et les oreilles. Qu'il crève ! Et j'irai pas pleurer sur sa tombe, non !

— Oh ! *This vile man !* »

Jenny ne bronchait pas. Elle continuait à tourner la cuillère dans sa marmite en fonte, continuait à pétrir sa pâte, continuait à garnir le gigot de petits légumes fins. Elle ne manifestait aucune émotion, persuadée que le temps dissiperait la rancœur qui taraudait Henry.

Elle avait attendu ses quinze ans pour lui avouer que George Mac Dowell était son père et non Michael, sur la tombe duquel il s'était agenouillé pendant tant d'années. Entre sa mère et Peggy Douglas qu'il appelait *Auntie Peggy*, il avait prié chaque jour pour l'âme de Michael, disparu tragiquement à l'âge de vingt ans. Palefrenier d'exception, prétendait-on. Cavalier fantastique au dire des Nègres de la plantation auprès desquels il récoltait des pans d'histoires et des silences qui le plongeaient dans les nimbes d'un passé brouillé, qu'il nourrissait des fruits de son imagination. Contes et légendes de Michael et Colombus, le cheval de James Henry Mac Dowell, sur lequel il s'était échappé. Récit de fiançailles, d'ivresse et de ripaille. Paraboles d'oiseaux morts découverts dans ses poches. Épopée mystérieuse qui enflammait l'esprit de Henry, grandissait dans ses rêves.

Ce n'était qu'après le décès de Peggy que Jenny avait pu se libérer de ce secret qu'elle avait enfoui en elle depuis la naissance de Henry. Secret délétère, détruisant ses chairs pareil à un enfant mort dans ses entrailles. Secret qui conduirait peut-être Henry sur les mêmes chemins de désespoir qu'avait parcourus Michael. Le pauvre Michael...

Peggy Douglas avait quitté ce monde dans son sommeil. Mandé à son chevet au matin, le médecin avait diagnostiqué un arrêt cardiaque. Jenny avait prévenu George peu avant le *breakfast* qui, chaque jour, réunissait à huit heures précises la famille Mac Dowell : les vieux parents de George : James Henry souffrant de la goutte, Elizabeth, devenue parkinsonienne ; sa femme Kathleen, sans cesse agitée d'une fébrile gaieté, exubérante et enjouée à l'excès, semblable aux oiseaux de sa volière qui tournaient en rond dans leur geôle ; et enfin ses enfants : Donald, Sherryl et Richard, qui n'aimaient que le luxe et reléguaient, à l'instar de leur mère, les serviteurs noirs dans un profond dédain.

« Peggy Douglas n'est plus, monsieur George... Et aujourd'hui, je vais informer Henry que tu es son papa », avait déclaré Jenny.

George avait succédé à son père à la tête des usines, bureaux d'import-export et minoteries d'Angleterre qu'il gérait d'une main de fer en même temps que ses terres plantées de cannes, sur l'immense propriété de Hamilton's Gardens. Il passait le quart de sa vie outre-Atlantique. Et ce qui secouait l'Europe en cette année 1938 concernait de près ses intérêts, le préoccupant davantage que les affaires domestiques qu'il abandonnait aux mains de Jenny. Si celle-ci continuait à partager la moitié de ses nuits, il n'éprouvait plus pour elle le même éblouissement. Obsédé qu'il était par la hantise de perdre un *penny*, à trente-quatre ans George était à présent un homme irascible, tributaire de cet autre lui-même qu'il devait incarner sous le regard des Blancs de l'île, de sa famille et de celui, toujours un brin mouillé, de Jenny Pierce qui avait conçu leur enfant la nuit du 18 décembre de l'année 1923. C'était au cours de cette même nuit qu'il avait ressenti ses premières douleurs au creux de l'estomac. Depuis, elles ne l'avaient plus lâché. Il avait épousé Kathleen en même temps que son ulcère, en la chapelle de Saint Gregory. Avait, au loin, regardé grandir son fils bâtard tandis qu'il avalait ses pansements gastriques. Et traité toutes ses affaires en serrant les dents.

Quand Jenny lui avait appris la mort de Peggy, George avait senti une pointe acérée transpercer ses entrailles. Il s'était aussitôt revu enfant, tournant autour de Peggy qu'il couvrait de baisers... Dans son corps de Petit George épris de Suzan, la fille de Peggy, avec laquelle il jouait les gestes de l'amour, échangeait des serments et des bagues en bambou... Petit George statufié devant les hauts arbres de Hamilton's Gardens, les branches immenses auxquelles étaient suspendus autrefois des hommes noirs. Petit George en pleurs et hoquets, la tête plongée dans le corsage de Peggy, suppliant qu'elle lui raconte les histoires de *Mister Rabbit, Friend Elephant and Sir Tiger*... afin d'oublier les visages de Nanny et Percy, les amants héroïques qui faisaient la gloire des Nègres de la plantation... Ne plus entendre les cris et les clameurs spectrales des esclaves jadis enchaînés, qui peuplaient encore et pour toujours les coins cachés, habitaient les silences de Hamilton's Gardens.

Peggy séchait ses larmes et le mouchait dans son vaste tablier blanc. « Pauvre petit monsieur George ! *Don't cry, my boy !* » s'exclamait-elle, moqueuse, avant de lui servir un *lime drink*. Et puis elle le consolait avec ces contes où les animaux vivaient des aventures humaines. Les yeux de Peggy devenaient alors deux îlots de lumière qui repoussaient au fur et à mesure toutes les frayeurs de George.

Accablé par la déferlante des souvenirs, George était resté un moment à contempler Jenny, possédé par l'envie folle d'enfouir la tête entre ses seins, pour sangloter comme autrefois, lorsqu'il était cet enfant auquel le chagrin et la peur étaient autorisés.

Un instant, il s'était demandé si Peggy Douglas avait cajolé quelquefois son fils Henry, essuyé ses larmes avec la même bonté. Mais il avait conservé cette distance dévolue au grand jour. Juste délégué ses pouvoirs : « Je te verrai ce soir... Tu pourvoiras au nécessaire, Jenny ! Et tu me préciseras l'heure des funérailles... » Ensuite, il avait rejoint les siens. N'avait pas même prévu une prière pour Peggy, avant qu'ils ne piochent dans les corbeilles de *muffins* et n'allongent leurs lèvres roses vers les tasses de thé brûlant. Avec son père, il avait évoqué les bouleversements de l'Europe et le dénommé Hitler qui avait eu le culot d'annexer l'Autriche et s'apprêtait à envahir la Tchécoslovaquie.

« Qui l'arrêtera ? s'enquit George.

— L'eau ! George... L'eau ! s'écria James Henry Mac Dowell, en levant sa tasse... La Manche lui barrera la route... Il ne posera pas un pied en Angleterre, sois-en certain...

— Et la France !

— Quoi, la France ? C'est le Vieux Monde qui a engendré son petit monstre, George... Le Vieux Continent si débordant de présomption...

— Hitler exigera aussi la France... La conférence de Munich a prouvé la faiblesse des Alliés. »

Tandis que les petites cuillères tintaient dans les tasses de porcelaine fine et que les cakes, les tartines de confiture d'orange et les gâteaux disparaissaient de la table, les deux hommes avaient continué à parler de l'Europe, pariant sur une guerre probable, ainsi que des moyens d'en tirer bénéfice. Kathleen avait profité d'un silence pour aviser Mrs Mac Dowell mère que la reine avait, à cette heure, baptisé le paquebot *Queen Elizabeth*.

« Des croisières en perspective, n'est-ce pas? Pourquoi ne partirions-nous pas cet été, George? Vous n'êtes pas sans connaître ma curiosité pour l'Égypte. Vous me l'aviez déjà promis l'année dernière, n'est-ce pas? Je désire depuis si longtemps remonter le Nil... photographier les pyramides...

— Mais, Kathleen! coupa sèchement George, nous serons bientôt en guerre et vous ne songez qu'à vos petits voyages d'agrément... »

Kathleen mourait d'envie de réaliser ce rêve après la naissance de Richard, son dernier fils. George avait toujours inventé mille prétextes pour entraver ses projets de grand large. Elle n'avait plus quitté la Caraïbe depuis bientôt huit ans, se contentant de courtes escapades chez des amis et des parents dispersés des Bahamas à Tobago.

Kathleen avait rapporté sa subite passion pour les oiseaux à la suite d'un séjour à la Jamaïque, chez sa cousine Jessica Eddington qui possédait une volière semblable a une gloriette érigée au milieu du jardin. Beauté vieillissante, Jessica avait chaque fois trouvé un quelconque défaut aux prétendants qui, avec constance et patience, s'étaient présentés à sa vue. Elle vivait donc seule sur California Dream, la propriété de ses défunts parents. Des avocats, des notaires et des banquiers faisaient fructifier sa fortune. Des Nègres en quantité entretenaient ses terres. Des femmes noires nettoyaient sa maison de la cave au grenier, lavaient son linge, préparaient ses repas, coiffaient ses cheveux et veillaient son sommeil. L'activité principale de Jessica était d'admirer chaque matin les impeccables pelouses de California Dream, avant d'aller lancer des graines aux oiseaux de sa volière. Au fil des années, à l'apparition de ses premières rides et amertumes, elle avait renoncé à fréquenter les salons de la Jamaïque où elle suspectait la moquerie derrière chaque visage, supposant que les femmes mariées riaient dans son dos, gloussaient, ricanaient et jacassaient bêtement à évoquer sa vie oisive. À ces futiles caquètements, Jessica préférait le pépiement de ses chères petites créatures qui donnaient un sens à sa retraite dorée.

De retour à Hamilton's Gardens, Kathleen avait aussitôt ordonné qu'on construisît une gloriette identique à celle de Jessica, l'avait peuplée d'oiseaux de toutes espèces. Elle en retirait une gloire burlesque, un affairement factice et une excitation outrancière. Détour obligatoire des visiteurs des Mac Dowell, forcés de s'extasier jusqu'à ce que leurs sourires se muent en rictus, la volière de Kathleen fut la vengeance de Henry lorsque, à l'âge de quinze ans, sa mère lui révéla le nom de son vrai père : George Mac Dowell...

Jusqu'au jour du dernier voyage de Peggy, Henry avait toujours considéré George Mac Dowell comme un homme austère, distant, avare de mots, le regard fuyant sans cesse. Le maître de Hamilton's Gardens, avec lequel il n'avait pas échangé plus de dix phrases depuis qu'il habitait avec sa mère une petite maison située non loin des

130

cuisines. Ils se croisaient parfois. George au volant de son automobile, une « 7 » de Citroën, qu'il avait achetée en France, ou bien sur le dos de Saturne, son cheval alezan ; Henry en chemin pour l'école baptiste où Rose, la fille de Peggy, était institutrice. Ils s'évitaient spontanément.

Très jeune, Henry avait d'autorité occupé, auprès de Jenny, la place laissée vacante par Michael, son présumé père. Et il reprochait à sa mère de s'échiner pour les Mac Dowell, de travailler plus qu'il ne fallait, de s'user pour ces Blancs qui méprisaient leurs serviteurs nègres. Souvent, il se révoltait contre le zèle de Jenny qu'il voyait cavaler afin de servir au mieux Monsieur George, son roi, à qui elle vouait une sorte d'adoration mystique, une dévotion d'esclave soumise dont il ne saisissait pas l'origine et moins encore les motivations. Il la détestait quand elle se lamentait sur la mauvaise santé du maître de Hamilton's Gardens, se mortifiait pour lui. Il est vrai que Henry ne relevait jamais un signe de reconnaissance chez George. Ce dernier ne tombait son masque de froideur qu'aux heures d'intimité passées avec Jenny. À ces moments-là, il redevenait le jeune homme de vingt ans qui, un soir, avait gratté comme un chien à la porte de Jenny... Le jeune garçon qu'il retrouvait parfois dans la haute silhouette de Henry, dans sa démarche et sa façon d'incliner la tête.

« *Oh! this vile man!* maugréait-il à Jenny lorsqu'ils étaient seuls à l'office en train d'écosser les pois du dîner. Je ris de le savoir torturé par son estomac. Y a plein de Nègres dans son estomac, *mum*! Ils sont tous en dedans, les Nègres des siècles d'esclavage, ceux qui sont morts sous le fouet des vieux seigneurs de Hamilton's Gardens. Et ça bouffe et ça cogne. C'est que justice, pas vrai? »

131

Après les funérailles de Peggy, Jenny l'avait retenu par la manche, alors qu'il se dirigeait vers la tombe de Michael. Elle avait marmonné : « Faut pas qu'on traîne, Henry ! J'ai des choses à te dire... »

Henry l'avait écoutée sans comprendre.

Et, tandis qu'ils regagnaient leur logis, elle rassemblait les mots pour lui avouer son secret, convaincue que la vérité ôterait de la tête de Henry, le mauvais esprit qui l'empêchait d'estimer George à sa juste valeur... Un homme bon, aimant, d'une douceur incomparable. Un homme habité de mille peurs qui aimait les Nègres plus que les Blancs. Son homme à elle depuis seize ans.

« Voilà, Peggy n'est plus de ce monde, Henry !

— Oui, *mum* !

— À présent, faut plus que tu penses comme ça à Michael.

— Et pourquoi donc, *mum* ? avait-il répliqué, la toisant de la même façon que George Mac Dowell. Pourquoi donc je devrais plus penser à mon père maintenant qu'*Auntie* Peggy nous a quittés ? »

Jenny avait souri. À trente-deux ans, elle était encore une belle femme. Et Henry la mettait sur un piédestal, fier qu'elle ne se laisse pas courtiser par les Nègres de Hamilton's Gardens, se garde tout entière fidèle à la mémoire de Michael.

« Faut que je te dise ce que *Mrs* Peggy a toujours refusé de te raconter... C'est que Michael n'était pas ton père, Henry... Ton père, c'est Monsieur George... »

Henry reçut la nouvelle comme une balle en pleine poitrine. Son corps fut projeté en arrière et il s'échappa des mains de Jenny qui tentaient de le retenir. Suzan et

Rose, les deux filles de Peggy, ainsi que les amis baptistes qui s'en revenaient avec eux du cimetière, imaginèrent qu'il courait cacher sa peine. Et personne ne s'inquiéta davantage.

Six années plus tard, accoudé à la fenêtre de Lila, rendu au bout de cette guerre où il avait perdu tant de camarades, Henry se rappelait sa fuite à travers les bois. Il avait détalé du même galop que le cheval Colombus sur le dos duquel le pauvre Michael avait grimpé pour aller chercher sa mort. Il avait galopé pour ne pas être rattrapé par l'horreur qui le talonnait de si près. Vérité que Jenny essayait de lui faire avaler en placides révélations, libérée qu'elle était de ses chaînes depuis le décès d'*Auntie* Peggy. Abomination toujours entraperçue dans ces miroirs que renvoyaient les contes et légendes flous où son père se dressait en héros. Pauvre et sordide réalité qui tendait ses rets pour détruire l'image de Michael, conçue avec pugnacité pendant toutes ces années de leurre.

Jenny l'avait cru disparu à jamais, comme le pauvre Michael. Mais il était rentré à l'heure, pour l'aider à mitonner les plats des Mac Dowell.

« Alors c'est vraiment lui, *mum*? avait-il murmuré sans la regarder, hachant les oignons et les poivrons pour la confiture qui accompagnerait le gigot. C'est George Mac Dowell? »

Jenny avait hoché la tête.

« Et pourquoi, tu me l'as jamais avoué, *mum*?

— Ben! à cause de *Mrs* Peggy...

— Et en quoi elle était concernée, *Auntie* Peggy?

133

— Elle souhaitait pas que tu l'apprennes. Elle admettait pas que tu sois un bâtard. Peggy, elle répétait sans cesse : "Les Blancs avec les Blancs. Les Nègres avec les Nègres et la terre continuera de tourner rond." Elle jurait que c'était contre nature de s'aimer entre gens de couleurs et de conditions différentes. Et que c'était mieux pour toi d'avoir un père mort plutôt qu'un père blanc.

— Et lui aussi, il obéissait aux ordres de Peggy ?

— Lui, il pouvait pas lutter contre son histoire... »

Henry avait ri, amer. « Ah ! ah ! ah ! le maître de Hamilton's Gardens ! Pas libre de reconnaître son fils. Pas libre de dire au sir James Henry : Oh ! *Dad !* j'ai un fils qui dort là-bas avec la cuisinière. Faut qu'il vienne à notre table pour chaque repas... »

Submergé par le chagrin, il avait pleuré. Larmes de rage, cœur déchiré.

À dix-huit ans, Henry s'était arraché au fantôme de Michael, avait tourné le dos à son île, à Jenny et à ce père blanc inacceptable. Il avait rejoint la Guadeloupe, la commune de Sainte-Rose, où Hypolyte Grosval lui avait enseigné la ferronnerie et la langue française. À vingt-deux ans, il avait opté pour la dissidence et le général de Gaulle.

Et puis, il était arrivé à Paris où cette Lila, qu'il s'était promis de demander en mariage, lui avait donné son corps sans paiement.

« Mariage ! » Lila avait sursauté avant d'éclater de rire.

« Réfléchis deux jours ! D'accord ? Après tu me réponds, avait déclaré Henry en caressant du bout des doigts ses boucles brunes.

— Deux jours ! Mais c'est pas la coutume ! Ici, on s'engage pas à la légère... »

Il s'était tu un moment avant de reprendre l'histoire de George Mac Dowell qu'il avait autrefois jugé comme un lâche, un être abject.

« Ma mère, elle lui a fait don de sa vie. Elle n'arrêtait pas de courir dès que la cloche sonnait, de cavaler pour lui apporter ses pansements gastriques, devancer le moindre de ses désirs. »

C'était la fin de septembre 1944. Chaque fois que Henry était en permission, il se précipitait chez Lila qui lui ouvrait sa couche et lui offrait son corps à goûter et pénétrer. Elle n'arrivait pas à trouver une solution à cette question de mariage. Malgré les illusions que nourrissait Henry sur la fin des tristes histoires entre Noirs et Blancs, Lila ne s'imaginait pas avec un Noir. Une existence entière ! Lui, il croyait qu'on l'estimait comme un homme.

Juste un homme... Il avait compté parmi les sauveurs de la France et, selon lui, cette victoire gommait tous les préjugés contre les Noirs.

Quand Jenny lui avait révélé l'identité de son père, Henry avait détalé comme un chien fou, à travers bois, jusqu'aux jardins de l'habitation, hurlant le nom de Michael pour qu'il retourne d'entre les morts et pourfende George Mac Dowell qui avait dérobé le cœur de Jenny, suppliant Michael de descendre se venger du monde des Blancs de Hamilton's Gardens. Ceux-là qui savaient que japper des ordres, tenir les gens en servitude et penser qu'à leur seul bonheur. « Pauvre Michael ! Pauvre Michael ! » Il revoyait *Auntie* Peggy. Réentendait ces deux mots qu'elle avait tant de fois coulés dans ses oreilles. « Pauvre Michael ! Pauvre Michael ! Parti sur Colombus alors qu'il était fiancé à ta manman... Au lendemain des fiançailles, il est monté sur le cheval de Monsieur James Henry Mac Dowell. Et puis, il s'est volatilisé. On sait pas pourquoi... Personne peut expliquer... Mais il t'a aimé avant ta naissance. Il déclarait : "Mon fils, je l'espère comme le Messie. Et on aura d'autres enfants avec Jenny, on formera une belle famille..." Sa vie semblait bien dessinée... Et puis, on n'a pas saisi ce qui a dérapé. Peut-être un excès de brandy. Des gens prétendent que c'est la foudre d'une trop grande félicité. Mais le plus mystérieux de l'affaire a été ce petit oiseau mort découvert dans la poche de son veston. Une pauvre créature vouée au même destin. Et Michael était mort au moment même où il commençait à battre des ailes et rêvait de voler, le restant de sa vie, de se poser sur d'autres

horizons. Y a eu de la jalousie, c'est sûr! gémissait *Auntie*
Peggy. Sinon, comment peut-on admettre qu'un jeune
garçon cherche le trépas jusqu'à le trouver? Y a quelque
part un coupable qui doit payer bien cher d'avoir dépêché
la mort au-devant de Michael. Oh! *God! you know his*
name! Et le chagrin de ta manman qui te portait dans son
ventre. Tellement de peine d'avoir perdu son bel amour...

— Et qu'est devenu l'oiseau mort qu'il avait dans sa
poche, *Auntie* Peggy? interrogeait Henry.

— Ben on l'a enfermé dans le cercueil avec Michael.
On savait pas quoi en faire. Alors, on a pensé que si
c'était l'œuvre d'un malfaisant, il serait plus nuisible à
quiconque. Et que si c'était bénéfique, il avait sa place
auprès de Michael. Je me souviens, y a une vieille qui a
commencé à raconter la triste histoire qui avait révolté les
Nègres réduits en esclavage sur Hamilton's Gardens. Le
vieux maître Mac Dowell d'antan avait tenté de séparer un
homme et une femme qui s'aimaient. Nanny et Percy... Le
vendre, lui, à l'autre bout de l'île à l'un de ses parents
éloignés; et elle, la garder pour le plaisir de sa couche.
D'abord, ils avaient essayé de s'enfuir, de prendre les
chemins de liberté qui s'ouvraient aux alentours de
Hamilton's Gardens. Mais ils avaient échoué, s'étaient fait
rattraper par les chiens qu'étaient des gardiens féroces à
cette époque-là et dressés à flairer le Nègre à cent lieues.
Désespérés, ils s'étaient donné la mort. Elle, par empoisonnement, et lui, par pendaison. Pendu à un arbre qui
existe toujours. La vieille affirmait que c'était l'amour qui
avait refusé de mourir avec eux, et qui s'était méta-
morphosé en oiseau. Un oiseau qui n'était pas de nos
contrées. Que personne n'avait jamais vu déployer ses

ailes par chez nous. Un oiseau qui avait des couleurs qu'on admirait parfois dans le ciel, quand le soleil, aux dernières lueurs du jour, représentait cette calebasse ardente flottant un instant sur la mer. Mais d'aucuns juraient que c'était l'âme de l'enfant que Nanny nichait dans son ventre qui s'était sauvée avant qu'elle ne souffle son dernier râle. Une âme sans corps, en déroute sur la terre et qui avait été avalée par un oiseau qui gobait les mouches sur une branche. Un oiseau sans malice qui, riche de cette âme humaine, avait mué en oiseau rare. En se signant magistralement, certains prétendaient que le Seigneur était descendu sur la terre pour régler cette affaire. Car Lui seul était habilité à commander l'heure de la mort. Il n'avait pas toléré que des êtres aient osé se prendre pour des dieux. Il avait vitement cherché un corps où déposer cette âme. Mais le jour déclinait. Il ne voyait plus très clair, le Bon Dieu. Aussi, l'avait-Il confiée à un petit oiseau qui avait bâti son nid dans un arbre du voyageur, le sommant de la rendre sitôt qu'un corps se présenterait. Tenu par son serment, l'oiseau avait fait montre d'une grande patience. Mais, sollicité en différents lieux, le Bon Dieu l'avait oublié. Voilà comment l'oiseau avait hérité de cette âme humaine bien encombrante, car elle engendrait des sentiments et des émotions, des souvenirs et des envies. Désirs d'amour, peines de cœurs, chagrins et pleurs... Le petit oiseau tentait de s'en débarrasser. Dès que le Bon Dieu avait le dos tourné, il sifflait à s'égosiller, mais l'âme ne se décrochait pas. Elle restait là, qu'il pleuve ou qu'il vente. Alors l'oiseau attendait de mourir pour en finir avec cette vie de grands tourments. S'il vieillissait, comme tous les oiseaux ordinaires, l'âme égarée ne retournait jamais au genre humain, elle choisissait un nouvel oiseau qui, d'île en île, transportait l'âme de l'enfant de Nanny. Y a des générations d'oiseaux qui ont porté cette âme-là... Tellement pesante. »

Selon les jours, Henry penchait pour l'une ou l'autre version. Mais la plupart du temps, ces contes s'embrouillaient en dedans de son cœur, l'entraînant a inventer toujours des mondes enchanteurs au-delà des mondes visibles qui se présentaient à lui. Et lorsqu'il entendait des pépiements dans un des arbres de Hamilton's Gardens, il se figurait aussitôt qu'il s'agissait de cette âme égarée, revenue sur les lieux de la tragédie, pour que l'accueille enfin un corps inanimé. Les jours de colère, Henry appelait l'oiseau rare, sifflait jusqu'à ce que sa gorge et ses lèvres soient en feu. Il rêvait alors de convoquer tous les volatiles du ciel. Des légions, pour détruire Hamilton's Gardens, ses lambris vernis, ses nappes brodées, ses tapis fabriqués en Inde, et puis ses portraits détestables sur lesquels souriaient, arrogants, les ancêtres de George Mac Dowell, ceux-là mêmes qui avaient vécu du temps où Nanny et Percy se donnaient la mort, où le Bon Dieu avait le pouvoir de prendre l'amour comme une balle, une graine ou un piment doux et d'en fourrer le corps d'un moineau. Les oiseaux vengeurs nés de son imagination piquaient du bec sur les immenses peintures, crevaient les yeux, dévoraient les nez et perçaient les lèvres violacées des ancêtres. Arrachaient les cheveux, les barbes et les moustaches, poil après poil, pour construire des nids par milliers dans les jardins de Hamilton. Puis déchiraient leurs chemises à jabots, leurs robes de soie et de satin, leurs vestons et leurs cravates à rayures, pour les suspendre aux cerfs-volants des petits négrillons de Saint-John...

C'est à cause de ces légendes racontées par *Auntie* *Peggy*, pour expliquer l'oiselet mort découvert dans la poche de Michael, que la rage de Henry l'avait conduit à la volière de Mrs Kathleen Mac Dowell. Tant d'espèces collectées de par la Caraïbe pour pérorer, jacasser et persiffler devant les Blancs de l'île. De si beaux plumages qui, derrière le grillage, volaient court de perchoir en perchoir, mélancoliques et blasés. Et qui entonnaient l'histoire d'amour de Nanny et Percy, et celle de Jenny et Michael...

Henry était resté longtemps à les observer, partagé entre l'espoir d'entendre l'un d'eux avouer qu'il cachait bien sous ses plumes une âme humaine prêtée par Dieu, et l'impérieuse tentation de les libérer pour rendre justice à Nanny et Percy, Jenny et Michael et les Nègres réduits en esclavage qui n'avaient pas eu droit d'être autre chose que des choses entre les mains des Blancs à Hamilton's Gardens.

La clé de la volière se trouvait dans une troussette incrustée de perles que Mrs Kathleen gardait toujours sur elle. Une clé minuscule, en métal doré à l'or fin, avec des fleurs piquées dans l'anneau en forme de corbeille. La porte était de fer forgé travaillé en rosaces entrelacées, identiques à celles ornant la tête de son lit en acajou jeté d'une moustiquaire brodée des mêmes motifs. Henry fit le tour de la gloriette. La nuit tombait doucement et la plupart des oiseaux sommeillaient sur les branches mortes d'un *ficus elastica* que Kathleen avait ordonné de planter tout grand dans la volière. Peu à peu, l'arbuste s'était desséché, avait perdu ses feuilles, une à une. Il ressemblait depuis à un antique épouvantail sur lequel les

140

moineaux perchaient leur désolation. Constitués de bouts de ficelles, de brindilles, de restes de laine et de tissus bigarrés, trois nids sommeillaient dans les branches.

Henry essaya d'abord de forcer un petit volet en bois qu'on utilisait autrefois pour passer les terrines d'eau. Lors de ces opérations, plusieurs oiseaux en ayant profité pour prendre la fuite, Kathleen l'avait fait condamner. Puis la rouille avait soudé les charnières. Le volet refusait de s'ouvrir. Henry pleura de rage. Impuissant, il bourra la volière de coups de pied et de poing, maudissant les générations des Mac Dowell... « Mon père, George Mac Dowell! se répétait-il, avec dégoût. George Mac Dowell! George Mac Dowell! »... Soudain, du cœur de la gloriette, s'éleva une voix identique à celle d'*Auntie* Peggy. « Pauvre Michael! Pauvre Michael! » psalmodiait-elle.

Il imagina alors Peggy ressuscitée, les yeux béants dans son cercueil... « Pauvre Michael!... Pauvre Henry! Pauvre Henry! On a troqué ton héros contre le George Mac Dowell que tu as jamais aimé... Pauvre Henry! tu vas trouver la force de les sauver et après ce sera à toi de conquérir ta liberté, sinon ils t'enfermeront, les Mac Dowell. Comme ils ont procédé avec ta pauvre manman Jenny... Elle a pas daigné m'écouter. Pourtant, je l'avais prévenue : "Les Blancs avec les Blancs! les Nègres avec les Nègres! Et la terre continuera de tourner bien rond et encore longtemps..." Et voilà ce qui est arrivé à ce pauvre Michael... »

Mû par le courroux de Peggy, Henry s'élança et parvint à s'agripper au caillebotis qui, sous le toit d'essentes, ceinturait la cage. Déjà, les oiseaux s'agitaient, poussaient des piaillements affolés, cherchant refuge dans les branches supérieures du *ficus*. Une latte, puis deux, puis trois volti-gèrent sur le gazon. « *This vile man! I hate him!* » gro-gnait-il, pour faire taire Peggy qui, sur un air de gospel, chantait l'infortune du pauvre Michael. « *Vile man! Lousy man! Vile man! lousy! vile! vile! vile!* » Lorsqu'il commença à tordre le grillage pour libérer les oiseaux, son cœur se mit à battre au rythme d'une musique qui semblait remonter d'outre-tombe.

Le jour déclinait sur Hamilton's Gardens. La nuit de pleine lune s'emplissait au fur et à mesure des cris et stri-dulations des insectes noctambules. Bestioles amies, libres et puissantes, « acolytes des sacristains du diable », assu-rait Peggy, avant d'ajouter : « Faut pas rester tard le soir dans les jardins de Hamilton, Henry! Y a ces bêtes... et puis les esprits de ceux d'antan qui rôdent. Qui s'en iront jamais. Te trouve pas sur leur route, Henry!... Le soir, les visages sont que des masques. Les animaux, des hommes. Et les hommes, des démons. Tu pourrais croire que tu causes à l'un des nôtres, mais en vérité tu seras en train de prêter ton âme à Lucifer. Y a toutes sortes de créatures qui traînent là. Te laisse jamais surprendre Henry! Même les maîtres de Hamilton's Gardens, ils s'aventurent pas. Ils connaissent les pièges... Ils savent trop bien ce qui s'est passé dans les siècles des ténèbres où le Nègre était rien d'autre qu'un meuble. Et y a les ver-mines que tu vois pas, que t'entends seulement dans la noirceur et qui baragouinent dans une langue que tu comprends pas. Celles-là, elles servent les autres... Par-fois, elles peuvent retenir le temps de la nuit, comme cou-verture dessus le grand jour afin que s'accomplisse un dernier drame. Alors, te fais pas coincer... »

Tandis qu'il arrachait le grillage, Henry sentait le sang cogner à ses tempes, ce qui créait en lui une jubilation sans pareille. La chanson de Peggy s'étiolait. Il n'avait plus peur. Il était le maître de cette nuit, maître de Hamilton's Gardens, prêt à affronter tous les diables qui pourraient surgir.

Ce n'est qu'au matin que les oiseaux prirent leur envol, à la queue leu leu, reléguant la volière à l'unique *ficus* et à la désolation de Kathleen qui pleura longtemps ses petits évadés.

« Elle n'a jamais su que c'était mon œuvre, Lila. Jamais soupçonné le fils de la cuisinière...

— Et pourquoi tu me racontes ça, Henry ? Qu'est-ce que ça peut bien me ficher ces histoires d'oiseaux ? »

Lila était allongée sur son lit, les jambes pendantes et la tête entre les mains.

« Tu te moques, *baby* ! Tu piges pas ou quoi !... C'est que j'ai fini avec ces fariboles. J'en veux plus aux Blancs. J'ai plus de rancune envers mon père George Mac Dowell. Et nous deux, on va se marier, hein ! Je crois plus les sentences de Peggy : "Les Blancs avec les Blancs ! Les Noirs avec les Noirs et la terre continuera de tourner rond !" J'ai traversé la guerre. Je suis resté à trembler auprès de pauvres *boys* en train de mourir, comme ça, clac ! Le temps de me retourner et ils étaient morts. Alors, nous deux on va se marier parce que cette époque-là est révolue, pas vrai, Lila ? Et je vais te confier un secret... Tu es la première qui m'ait donné son corps gratis depuis que j'ai débarqué en France. Tu es tout ce que j'attendais de l'existence, Lila ! Mon père, le pauvre George Mac Dowell, je lui ai pardonné. Ce qu'elle a fait, Jenny, c'est par amour. Je l'ai compris trop tard. Et je crois bien qu'il l'a aimée aussi. Et ça l'a rendu malade de pas vivre sa vie au grand jour avec elle et de supporter cette Kathleen que sa mère lui avait choisie. Je vais encore t'expliquer autre chose. Tu sais, quand ils ont trouvé la volière désertée de ses oisillons, eh ben, il a ri, George Mac Dowell. Il a ri, je te jure... Pas avec la bouche, mais avec les yeux. Il était content. Heureux de plus avoir cette geôle plantée au milieu de son jardin. Il a ri avec les yeux... Et je crois même qu'on s'est regardés pour la première fois depuis qu'on se croisait sans jamais... »

« Sybille, je t'assure... Henry, il se considérait comme un miraculé. Il en avait tellement bavé qu'il ne supportait plus la haine dans son cœur. Il avait approché trop de cadavres, côtoyé trop de chairs explosées, trop de corps mutilés. Il m'a raconté qu'après l'incident de la volière, il a pas fait long feu à Hamilton's Gardens. Il s'est désintéressé de l'école. Et peu à peu, il a cessé de traiter George de tous les noms, à cause des yeux de Jenny qui retenaient l'eau. Mais il n'arrivait pas à accepter l'idée d'avoir été embringué dans ce canot de mensonges que sa mère et *Auntie* Peggy avaient si longtemps manœuvré ensemble, de s'être agenouillé tant d'années entre elles deux devant la tombe de Michael, au regard des Nègres de Hamilton's Gardens qui connaissaient la vérité et ne s'étaient pas interposés, sinon par les silences qu'ils creusaient au mitan de leurs contes. Il se détestait d'avoir été crédule, d'avoir appris trop tard l'histoire tragique du pauvre Michael qui s'était pendu à l'un de ces hauts arbres de

Hamilton's Gardens, fierté de Mrs Mac Dowell, et qui avait déjà servi de potence à un bougre prénommé Percy.

« C'est comme ça qu'en 1942, il a fui pour la Guadeloupe, Billy. Il a garanti à Jenny qu'il partait apprendre le métier de palefrenier, pour cultiver encore le souvenir du cavalier fantôme qui avait enchanté son enfance. Mais, tu sais bien, y a la vie qui se met à tracer d'autres chemins sous nos pas. On croit que notre cœur est une fidèle boussole qui marque son nord sans vaciller. On décide d'être ceci et on se retrouve cela... Au lieu de devenir palefrenier, il est entré apprenti chez un ferronnier, Henry. Parfois, il voyait passer des chevaux dans l'atelier d'Hypolite Grosval qui faisait aussi le maréchal-ferrant. Henry ramenait les montures dociles des géreurs jusqu'à une plantation de cannes perchée sur les terres de Conodor, à Sainte-Rose. Il pensait plus guère à Michael... Et puis, à la libération, alors qu'il aurait pu jeter son dévolu sur une brave femme qui lui aurait aussitôt accordé sa main, il est tombé sur moi, Lila...

« Moi, j'étais pas celle qui devait croiser sa route. Quand il a eu fini de me décrire sa vie à Saint John, il a insisté pour que je lui parle de mon enfance et de mes parents. J'avais pas grand-chose à raconter sinon que j'avais abandonné mon village de Maillet dans la Sarthe, que j'étais montée à Paris à dix-huit ans avec des Parisiens qui passaient leurs vacances chez Monsieur de la Garoncière, le châtelain du coin. J'avais dit à tout le monde que j'allais leur servir de bonniche à Paris. À la vérité, je rêvais déjà d'être actrice. Je m'imaginais pas vivre dans la peau d'une fermière, à traire des vaches, préparer des rillettes pour mon homme, boire du cidre et pondre un gosse par an, comme mes sœurs qui avaient cru que le mariage allait les rendre femmes et qui se retrouvaient à vingt-cinq ans avec les seins ballants et la taille déformée. Une foule de chimères se bousculaient dans ma tête. Chez moi, on me surnommait l'Aristocrate. Quand j'étais petite, je jouais avec les enfants de Monsieur de la Garoncière. Je copiais leurs manières et leur fréquentation m'avait inspiré des goûts de luxe.

« Henry, il avait vu sa propre histoire dans la mienne. Nous deux, on avait grandi dans l'ombre des riches. On avait quitté ce milieu pour tenter notre chance ailleurs. Et on s'était retrouvés à Paris. Henry, il traquait la magie partout. Il répétait : "On comprend pas toujours ce qui nous pousse. Et puis, à un moment donné tout s'éclaire ! Nous deux, c'est *for ever*, Lila !" »

L'avion venait de décoller. C'était le baptême de l'air de Lila, mais elle ne manifestait aucune appréhension.

« Ça y est! On est parties! À nous l'Amérique, ma Sybille! »

Nous nous étions souri. Nos mains s'étaient cherchées. Elle était belle, Lila... Je l'avais moi-même maquillée et coiffée ce matin-là. J'avais choisi ses vêtements. Et elle s'était laissé pomponner comme une jeune fille qui s'aventure pour la première fois au bal avec son amoureux. Dans ses mimiques et ses intonations, la jeune femme qu'elle avait été autrefois luttait pour gommer les années.

« Cinquante ans, Seigneur! C'est pas grand-chose, Billy! Je revois la scène comme si c'était hier... Henry! mon Noir café au lait... J'en ai le cœur qui bat. Tu comprendras quand tu auras mon âge! Si je veux, je peux même sentir le poids de son corps sur le mien. Mon homme de bronze. Et ses longs doigts de velours. J'entends sa voix comme si c'était hier : Quand est-ce qu'on se marie, Lila? Quand est-ce que tu me donnes ta main? Quand est-ce qu'on passe devant monsieur le maire?... Tu es ma petite fleur que j'ai cueillie à Paris. À Paris *for ever...* »

147

Tandis que Lila déballait ses souvenirs, je pensais à Gino, le papa de Marcello. Gino, la bouche grouillante de mensonges et la tête bondée de prénoms de femmes. Les amours de Lila surpassaient de loin les miennes. Alors, je l'écoutais comme on savoure toutes les histoires d'amour. Avec convoitise et curiosité. L'envie d'en vivre encore et toujours les émois, jusqu'à la déchirure. L'attente, les vagues à l'âme, les Je t'aime, les larmes et le cinéma... Le besoin de palpiter et de frissonner... Brûler son corps, fort! Soif de caresses et de baisers. Étreintes violentes. Passions secrètes...

« J'ai pas été à sa hauteur, Billy. J'ai pas accepté de me marier avec lui. Je sais pas trop pourquoi. Peut-être parce que au bout d'un moment, nous les Françaises, on a été dégrisées. Les Noirs sont redevenus des Noirs, aux yeux des Blancs. Et l'épopée des sauveurs a été remisée dans l'oubli. On continuait à manger dehors et à traîner dans les bars. Mais quand Henry s'habillait pas en uniforme, on avait droit à des réflexions désagréables sur les Blanches qui paradaient avec des négros. J'étais mal à l'aise. Je refusais qu'il me tienne par le bras et m'embrasse dans la rue. Et lui, il comprenait rien. Il s'entêtait : "Ils sont comme *Auntie* Peggy, ces personnes-là! Elles s'imaginent encore que le monde tournera rond tant que les Noirs et les Blancs se fréquenteront pas..."

« J'étais pas restée longtemps au service de mes Parisiens. J'avais dégotté un boulot de serveuse dans une boîte, du côté de Montparnasse. Je suis devenue entraîneuse en une semaine. Je gagnais un peu d'argent avec des extras de danseuse nue... mais c'était pas le Pérou! Trop loin du milieu du théâtre... J'ai vendu des parfums sur les marchés. Au début de la guerre, j'étais femme de chambre à l'hôtel Sextus, rue Alfred-Chicot. Je t'en ai déjà parlé, Sybille. Tu vas penser que je radote... Mais faut que tu saches que j'ai pas été mieux que ces filles qui travaillaient le jour et rêvaient la nuit de concurrencer Morgan, Mistinguett ou Garbo. J'ai bien donné la réplique sur une scène, mais j'étais qu'une doublure qui a jamais eu d'applaudissements, ni de public. J'ai suivi en tout et pour tout trois cours d'art dramatique. J'ai juste été ouvreuse au cinéma Rex, deux mois. À la fin de la guerre, j'ai trouvé cet emploi de couturière chez Messaline Dedray.

« Henry a toujours été un rêveur. Tu vois, Sybille, les gens qui disent *for ever*, ils ont pas leur place sur la terre. Ils usent leur temps à reluquer dans le ciel des vieilles chimères d'éternité. Ils causent aux oiseaux et sont sûrs que les personnes sont des fleurs. Il m'appelait sa petite fleur de France, son bouquet de lilas. Je te mens pas, il attirait les pigeons de Paris. Quand on allait s'asseoir à la terrasse du Porte-Bonheur, ils affluaient par dix pour se frotter aux jambes de son pantalon. Et c'était pareil avec les moineaux. Ça m'a toujours épatée... Quand tu vis ça, t'es tentée de croire, l'espace d'un instant, que ça signifie quelque chose *for ever*... Tu as des ailes qui poussent dans ton dos. Tu te prends pour un oiseau ou une fleur. Et puis le regard des autres te rattrape et tu te retrouves le cul par terre.

« Il m'a fait grimper au ciel, Henry... Quand j'allais lui déclarer : "On arrête tout, Henry ! Je veux plus qu'on se voie... Retourne-t'en là-bas sur ton île, auprès de tes oiseaux et ta maman Jenny. Va-t'en loin de mon existence! Va-t'en loin de Paris! Retourne-t'en là-bas où y a des histoires d'amour qui meurent jamais! Ici, c'est Paris! Ici, rien ne dure! Aujourd'hui c'est toi, demain c'est fini... Ici, les gens parlent pas aux oiseaux! Ici, y a pas de *for ever!* Aujourd'hui tu es un libérateur de la France, on te décore comme un sapin de Noël, et demain tu es plus rien qu'un Nègre, un bamboula qui mange le pain des Français. Ici, tu n'es pas le bienvenu, Henry..."

« Il me laissait pas même commencer. Il protestait : "Oh! *Little flower!* je suis pas pressé. Je peux t'espérer jusqu'à ma mort."

« Sybille, je suis tombée enceinte pour Henry! J'ai tenté de décrocher le gosse, tu sais. Vite fait, bien fait! Tu penses, lui, il était aux anges, gai comme un pinson, prêt à m'épouser. Il avait été démobilisé depuis le mois de décembre et s'était fait embaucher dans un restaurant, avenue du Maine. Il nous rêvait tous les deux, marchant du même pas derrière un landau. Moi, je voulais rien entendre. Pas de gamin. Pas de mariage...

« Sybille, la faiseuse d'anges, elle m'a enfoncé des aiguilles à tricoter dans le corps... »

Lila s'était mordu la lèvre. Elle ne pleurait pas, mais des pans de glace fondaient en elle. Je lui ai dit que c'était le passé. D'oublier et de dormir pour arriver bien fraîche à New York où l'attendait Henry. Nous sommes restées muettes jusqu'à l'atterrissage. Mais je la regardais se tordre les doigts et la sentais tendue, les mâchoires serrées, l'estomac noué.

Elle avait soixante-dix ans, ma pauvre Lila. Et sa vie, peuplée d'amours et de fantômes, n'en finissait pas de la tourmenter. Soixante-dix ans et pas la moindre larme pour noyer ses chagrins. Que des mots… Elle n'avait que des mots pour soulager son âme. Des mots qui ne sortaient pas naturellement, qu'elle cherchait, devait trier et puiser dans des fonds ténébreux, longtemps demeurés prisonniers. Des mots amers et pathétiques. Des mots vides et insignifiants qu'il fallait charger de vérité, gonfler de vie. Des mots comme des oiseaux auxquels on aurait dû prêter des ailes et des sentiments pour évoquer l'amour.

Je m'égarais. Parmi les hommes qu'elle avait connus et aimés, je ne savais lequel était l'élu de son cœur. Hans, Henry, Gustave, Pierre, Lucien, Marcel, Frédéric, son mari dont les photographies tapissaient les murs de son appartement et qu'elle avait chéri jusqu'au dernier jour… Ils avaient chacun à leur tour tenu un rôle, laissé une ombre dans sa couche et un bleu sur son cœur… *For ever !* aurait conclu Henry. Lila avait fermé les yeux. Quel homme habitait ses pensées en cet instant précis ?

Et je me demandais ce que je faisais là. Pourquoi j'étais entrée dans l'univers de Lila ? Pourquoi je n'étais pas restée à Paris où, collée au téléphone, j'aurais attendu des nouvelles de Lolo ?

Des aiguilles à tricoter dans le corps pour avorter…

Moi, je n'avais rien tenté. Dès que j'avais réalisé que j'étais enceinte de Gino, je m'étais vue à son bras, en robe de mariée. Mais Gino préférait Marie. Alors, j'avais choisi la France pour ne pas faire honte à Coraline. J'avais pris l'avion avec mon ventre attaché serré sur mon petit Marcello.

À cause de Marie La Jalousie, la fille de Nitila…

« Chante alleluia ! Gloire à Dieu ! Le Royaume des Cieux est en marche ! »

« Réjouis-toi ! Ne pleure pas, enfant ! Car la mort c'est la vie et la vie c'est la mort ! »

C'était surtout ces mots qui s'étaient inscrits en Sybille à l'enterrement de son père Robert et de son petit frère. Peut-être à cause de la façon impérieuse dont ils avaient été martelés. Toutes les autres paroles, pour la plupart banales et vitement récitées après des sourires de brève compassion, avaient été aspirées par les tombes environnantes. Quant aux « sincères condoléances », elles s'étaient, sur le chemin du retour, transformées en « saint serre cordon Léonce ! saint serre cordon Léonce ! sincère Léonce ! » dont elle ne retint que le seul « saint Léonce », une fois franchie la porte de la case de sa maman Noémie.

Longtemps, bien après que Noémie l'eut emmenée à Pointe-à-Pitre, chez Judes et Coraline, Sybille avait cru qu'un saint Léonce l'avait accompagnée, ce jour-là. Et, dans ses prières du soir, elle répétait avec ferveur : « Saint Léonce ! priez pour nous pauvres pécheurs car la vie c'est la mort et la mort c'est la vie ! Saint Léonce, s'il vous plaît! Rendez-moi mon papa et mon frère! » Elle avait sept ans. C'était l'année 1961.

« Réjouis-toi! Ne pleure pas, car la mort c'est la vie et la vie c'est la mort! »

La créature qui avait l'habitude de proférer ce précepte d'espérance s'appelait Nitila. Elle fréquentait les églises, les temples et les cimetières avec un très rare engouement. Comme d'autres dansaient de bal en bal dans les fêtes communales, pour suer et boire du rhum, accrochés à l'orchestre Konga Typical, Nitila volait de case en case à la rencontre des morts.

Sitôt qu'on parlait agonie, mourants, derniers sacrements ou bien extrême-onction, Nitila déployait ses ailes et venait se poser, telle un oiseau à long plumage blanc, aux côtés des familles endeuillées. Sans la moindre formule de politesse, elle entrait comme chez elle, accédait aux salons et aux chambres à coucher, comptant des yeux les cierges et les bancs alignés. Elle adorait embrasser les corps exposés et déjà toilettés. Aimait suivre la voiture du défunt, marcher en procession parmi fleurs et couronnes, au rythme d'une musique funèbre. Et puis, au moment terrible où il fallait porter le cercueil en terre, ce qui déchaînait cris, gémissements, grincements de dents, larmes, transes, grands déchirements, serments de fidélité éternelle et tentatives de saut dans la fosse, Nitila délivrait son message d'espérance :

« Réjouissez-vous! Ne pleurez pas! Le Royaume des Cieux est en marche! Réjouissez-vous! car la mort c'est la vie et la vie c'est la mort. »

154

Première arrivée aux veillées, première installée sur les bancs de l'église ou du temple, dernière à présenter ses condoléances au cimetière et dernière à se retirer, Nitila était en permanence de blanc vêtue, corsage mal coupé, jupe froncée à la taille. Petite femme noire, ronde et grasse, aux jambes arquées, d'allure plutôt comique, Nitila était une personne qui forçait néanmoins le respect. Si ses paroles étaient courtes, immuables, dictées sans explication, elles étaient exprimées de telle façon qu'elles s'ancraient dans l'âme des gens, se placardaient en parfaites vérités et soulevaient un fol espoir. Dame Néhémie semblait détenir les clés d'une connaissance divine, le secret d'une source à laquelle seuls s'abreuvaient ceux que ne leurrait pas son apparence ingrate.

Sa voix s'imposait d'une manière quasi spectaculaire. Non pas qu'elle ait été bien puissante, mais parce qu'elle détonnait par son calme et sa mesure dans le brouhaha des voix mêlées, révoltées par la mort. Sans crier ni jurer, Nitila réduisait chacun au silence. Les pleurs séchaient aussitôt. Les cris devenaient d'infimes soupirs. Les cœurs déchirés se trouvaient tout à coup raccommodés.

« Réjouissez-vous ! Ne pleurez pas car la vie c'est la mort et la mort c'est la vie.

Parfois certaines personnes crochetaient leurs incantations aux siennes, les répétaient jusqu'à en être transfigurés, jusqu'à ne plus saisir le sens de leurs propres paroles. Jusqu'à trébucher étourdis et se perdre dans des rires où la vie et la mort s'embrassaient comme deux vieux compagnons. Jusqu'à voir leur défunt ressuscité toucher le Royaume des Cieux. Les veuves et les orphelins s'écriaient : « Oui, c'est lui ! en os et chair, drapé de

blanc, une couronne de fleurs d'oranger sur la tête. Il
brandit un rameau et sourit à la vie. » Alors, les vivants
d'ici-bas souriaient à leur tour et exigeaient de mourir au
plus tôt, de quitter ce triste monde de misère et de
tourments.

« Ne pleurez pas, mes frères ! Car la vie c'est la mort et
la mort c'est la vie. »

Nitila ne fréquentait guère les mortels. Elle ne voisinait
pas, ne cancanait pas, ne se mélangeait pas aux Nègres.
Elle vivait avec sa fille Marie qu'elle avait, à la suite suite
d'un viol, enfantée à l'âge de treize ans. Le père, tôt
démasqué, était un dénommé Nérée, sénile oncle maternel
de scandaleuse réputation qui échangeait des sucres à la
menthe avec ses neveux et nièces contre des baisers dans
les culottes et des promesses de silence. En 1954, il avait
dérobé la virginité de Nitila un soir de grande bordée, à la
fête patronale de Saint-Simoléon. Deux jours plus tard,
vomissant son âme, son crime et ses tripes dans des
vapeurs d'alcool, il raconta à Lisia, la maman de Nitila,
que le rhum avait été comme un cheval fou sur le dos
duquel une force diabolique l'aurait projeté et amarré. Ils
avaient galopé, galopé, de morne en morne, lui sans des-
soûler, le cheval sans boire ni manger, traversant les
temps et les heures, les nuits et les jours, jusqu'à accoster
les rives de sa jeunesse. C'est ainsi qu'il s'était retrouvé
cinquante années en arrière, à l'avant-veille de son
mariage avec sa chère Edmée, une Indienne à longs cheveux d'huile noire répandus sur les épaules et qui, sa vie
durant, avait arboré une silhouette de fillette. Il certifia à
Lisia qu'il avait reconnu en Nitila, au même moment
l'odeur, les formes et la voix même de feu Edmée. Elle

avait fourré dans sa bouche le bonbon qu'il lui offrait. Elle avait ouvert ses cuisses et il l'avait pénétrée, sans malmener ses chairs, comme en songe. En dedans, un autre cheval l'attendait, déjà sellé, impatient, hennissant des flammes. Cette monture sauvage qui parlait avec un accent d'outre-tombe, lui avait prédit : « Nérée, en trois jours, tu vas connaître l'horizon de la vie et les falaises de la mort, tiens-toi solide à mon col! » Terrifié, le vieillard n'avait fait qu'obéir, et cru, Seigneur!, il le jurait de toute son âme, cru qu'Edmée était ressuscitée. Le rire Ah! ah! ah! de la chère femme cognait et rebondissait dans son cœur. Les longs cheveux de soie balayaient doucement sa poitrine, la pointe noire des petits seins se raidissait entre ses lèvres. Et goulu, avec ses dents de vingt ans, Nérée tétait le lait d'amour dans une innocence mille fois perdue et soudain réinventée. Dans cet autre monde où l'engeance diabolique l'avait entraîné, l'oncle avait vu la peau de son corps se lisser, sa chair se raffermir et son esprit se réapproprier les belles illusions de sa jeunesse. À cette évocation, il avait sangloté. Des larmes d'hypocrite, d'une verte contrition, cherchant à tâtons une toile sous son matelas. La mère de Nitila avait séché ses pleurs, et l'avait écouté la nuit entière, lui tenant les mains pour l'assurer de son pardon, l'encourager à confesser son crime jusqu'à la dernière crasse. Et puis, au matin, tandis qu'il sommeillait tel un nourrisson, elle lui avait préparé une tisane qu'elle avait portée à ses lèvres. Un breuvage empoisonné, parfumé de cannelle et bien sucré qui, en un éclair, avait creusé sous les paupières du bandit deux fosses au fond desquelles ses yeux devenus jaune d'œuf pourri semblèrent longtemps interroger Lisia.

On ne questionnait pas Nitila sur le père de son enfant. Elle avait désigné le bourreau le jour où Marie était née. Le vieil oncle enferreur n'était déjà plus qu'un lot d'ossements dévorés par les vers sous la terre du cimetière lorsqu'elle perdit les eaux.

« Le papa ! répéta-t-elle, en regardant droit dans les yeux l'ancienne qui la délivrait. Il s'est présenté la nuit de la Saint-Simoléon. Il était sans visage. Il est apparu sur un grand cheval. Il m'a dit : "La vie c'est la mort et la mort c'est la vie."

— Han ! tout à l'envers... gémit la matrone après un bref silence. Et le Bon Dieu c'est le diable peut-être ! L'eau c'est du feu, et le ciel c'est la terre... Tout est chaviré, et toi tu es une sainte... La vie c'est la mort et la mort c'est la vie ! Qu'est-ce qu'il faut pas entendre, Seigneur ! »

Nitila sortit de l'enfance à l'ombre de cette citation et prêta le sein à sa petite Marie en chantant cette obscure berceuse. Plus tard, elle abandonna la religion catholique, devint tour à tour baptiste, adventiste, témoin de Jéhovah, évangéliste et pentecôtiste, avant de créer sa propre Église qui, déclarait-elle, ne dominait, présomptueuse, sur aucune terre, n'était bâtie ni de pierres, de briques ou de béton. Elle s'élevait dans les cœurs avec la véhémence de la seule parole, et la consolation suprême que la Vraie Vie commençait après la vie, car l'existence sur terre était une triste mort sans cesse renouvelée.

Nitila considéra longtemps Marie comme une petite défunte bienheureuse qui ne ferait pas de vieux os sur la terre. Elle épiait son souffle, espérant à tout moment la ramasser sans vie dans son berceau, de sorte qu'elle regagne au plus vite l'autre monde, le Véritable. Le matin, elle assistait à son réveil avec dépit. Quand Marie fêta ses cinq ans, Nitila se résigna enfin. Elle habilla sa fille de blanc et l'ordonna sœur Marie de l'Église de Saint-Simoléon.

Sous le poids de cette appellation, Marie ne fut jamais une enfant ordinaire. Ni ange ni démon, elle paraissait flotter entre deux eaux, entre deux absences, impalpable, immatérielle, imperturbable, entre enfer et paradis, dans un sinistre purgatoire où des âmes échevelées et détrempées remontaient toujours la même rivière, en quête d'une source improbable. Ses yeux étaient chafoins. Elle observait les êtres par en dessous. Ne causait guère.

Très tôt, on craignit l'enfant Marie. Ne sachant comment qualifier son mutisme, les gens balançaient selon les jours entre folle espérance et cruel désenchantement, ces sentiments ennemis qui n'en finissent pas de naître l'un de l'autre. On la supposait instruite, amie des livres, prédisposée, quand viendrait l'heure, à accomplir sa destinée, reprendre le sacerdoce de sa maman Nitila. On la jugeait odieuse et jalouse derrière son visage de bronze qui, sans pli ni fossette, n'accusait pas le moindre frémissement. On la jurait toxique, traîtresse comme ces espèces de fleurs fatales en robes de bal, les feuilles déployées en éventail et les racines vénéneuses guettant l'heure du mal. On la prétendait vicieuse, encline aux plaisirs de la chair. On la surnommait Marie la Jalousie...

Marie et Sybille étaient du même âge. À six ans, elles avaient partagé un banc de cours préparatoire à Grand-Saut, une section de Saint-Simoléon. Elles avaient appris à lire d'une même voix, à écrire d'une même plume. Les autres négrillonnes n'abordaient pas Marie. Les voilures blanches de sœur Marie de l'Église de Saint-Simoléon les tenaient à distance, pétrifiées dans un genre de respectation peureuse et muette. Les garçons, quant à eux, racontaient qu'elle les attirait dans les halliers, pour leur donner à sucer sa coucoune qui avait un goût de menthe. Sybille s'était trouvée aux côtés de Marie qui avait taillé son crayon noir, lui avait montré la lettre *a* avant l'institutrice et lui avait offert un morceau de son pain garni de morue frite.

Lorsque le père de Sybille mourut à Basse-Terre, dans la chambre maudite de cette négresse Clothilde, prêtresse des rêves et charroyeuse de fleurs, Marie fut la seule à ne pas rapporter les paroles fielleuses qui, des jours durant, passèrent et repassèrent de bouche en bouche, entre Basse-Terre, Pointe-à-Pitre et Saint-Simoléon, avant de s'étaler à la une du quotidien *La Vie aux Antilles*...

UN PÈRE DE FAMILLE ET UNE PROSTITUÉE BIEN CONNUE DÉCOUVERTS MORTS DANS UNE CASE DE BASSE-TERRE.
DRAME À BASSE-TERRE, LA MORT ÉTAIT AU RENDEZ-VOUS !
MORTEL BOUTON DE ROSE.
CRIME OU SUICIDE. EMPOISONNEMENT OU MORT NATURELLE ?
LE BOUDIN SUSPECTÉ EST HORS DE CAUSE.
POURQUOI AVAIT-ELLE UN BOUTON DE ROSE DANS LA BOUCHE ?
PLUSIEURS VOISINS ONT FAIT DE TRÈS SÉRIEUSES RÉVÉLATIONS.
ILS NE VEULENT PAS TÉMOIGNER À VISAGE DÉCOUVERT, MAIS LA SORCELLERIE NE SERAIT PAS ÉTRANGÈRE À L'AFFAIRE.
LE MYSTÈRE ET LA MÉFIANCE PLANENT SUR BASSE-TERRE.
LA CASE DE LA PROSTITUÉE A BRÛLÉ DURANT LA NUIT...

Tandis que des chansonnettes perfides et vulgaires s'inventaient chaque jour, voletant comme ces grands papillons noirs des soirs-désespoir autour des chastes oreilles de la jeune Sybille, Marie lui témoignait son amitié, silencieuse mais mature, avenante et sereine.

Après l'enterrement de son papa Robert et de son petit frère, Sybille ne marcha plus sans Marie. Les jeudis après-midi, pendant que Nitila courait rencontrer ses morts chéris et que Noémie usait ses genoux, au cimetière, ou bien errait dans les campagnes, à la recherche de son amour perdu, les deux fillettes se retrouvaient. Se déshabillaient. Marie nouait autour de son cou un ruban blanc. Se fourrait dans la bouche un bouton de rose rouge. Puis, elles s'allongeaient côte à côte sur une couche. Restaient là très longtemps sans bouger ni causer, la tête emplie de visions troubles où se superposaient les gros titres de *La Vie aux Antilles*, les chansons des enfants de Saint-Simoléon, et leurs propres fabulations. Les dernières heures des deux amants se déroulaient parfois crûment dans l'esprit de Marie qui vacillait alors dans une sorte d'extase. Ses yeux et sa bouche s'arrondissaient en un « Oh! » qui allait crescendo. « Oh! Oh! Oh!... Ils sont là... Oh! Oh! Oh!... » Et son corps se raidissait étrangement avant de retomber dans une petite mort.

Lorsque Marie se réveillait, elle ne décrivait jamais ce qu'elle avait vu. « Il n'y a pas de mots, assurait-elle. Pas de mots pour cela... »

Sybille se laissait aussitôt envahir par les vilaines comptines qui racontaient l'histoire de son père et de la fille Clothilde...

Robert était parti chercher du boudin
Il a trouvé une putain
Boudin chaud!
Boudin froid!
Le diable est passé par là!...

Boudin chaud!
Boudin froid!
Quand la diablesse croque des fleurs
Le dessert c'est la mort des cœurs!

En 1963, deux années après le double enterrement, Noémie avait perdu la moitié de sa tête. Elle déambulait, légère et royale, digne sans plus savoir pourquoi, les yeux hagards, les paroles comme déboîtées. Elle avait juste rassemblé ses dernières lueurs de raison pour emmener Sybille à Pointe-à-Pitre et la confier à Coraline.

Avant de se dire adieu, Sybille et Marie se couchèrent côte à côte, une dernière fois, pour revivre la mort des amants de Basse-Terre. Elles avaient juste neuf ans, mais se promirent de jouer et rejouer cette scène, encore et toujours jusqu'à la mort.

Quand Nitila s'éteignit à l'âge de trente-trois ans, Marie entrait dans sa vingtième année. Tout de blanc vêtue, elle suivit le cercueil de sa manman, devant des milliers de chrétiens qui chantèrent de concert lorsqu'on porta le corps en terre :

Réjouis-toi, Nitila!
Oh! Non, ne pleure pas, Marie!

162

Car la mort c'est la vie
Et la vie c'est la mort...

Marie la Jalousie ne fit même pas semblant d'entonner
le célèbre refrain de Nitila. Elle ne sourit à quiconque, ne
proféra pas un seul mot et garda le visage empreint d'une
égale placidité tant que dura l'enterrement. Des bouches
l'embrassèrent, des quantités : bouches ventouses,
bouches lait de bébé, bouches mouillées, bouches rouges à
lèvres gras, scandant : « La vie c'est la mort, la mort c'est
la vie. » Des mouchoirs essuyèrent son visage, mouchoirs
suée, mouchoirs tablier, mouchoirs amidonnés, à grands
carreaux, petites fleurs et moineaux naïfs qui affirmaient
encore et toujours « la vie c'est la mort, la mort c'est la
vie »... Des bras l'enserrèrent. Mains noires, caco, jaunes
et blêmes. Doigts secs, doigts pinces de crabes. Ongles
gris, ongles vernissés griffant ses reins, pressant son cou.
Marie retourna dans la cahute de sa manman sans
escorte. On la regarda s'en aller au loin, espérant qu'elle
reprendrait au plus tôt la mission de la défunte : voler de
case en case, déposer son message d'espoir et entretenir
cette flamme dont chacun soupesait la nécessité, comprenant brusquement qu'un rien de vent pouvait l'éteindre et
que la mort de Nitila les avait jetés, désemparés, face à
eux-mêmes. Ils en prenaient soudain conscience. Avec violence, se découvraient pareils à une multitude d'infirmes,
insignifiants invétérés livrés aux tempêtes de l'existence.
Malgré leurs cheveux blancs, leurs os raidis et leurs yeux
désabusés, ils n'étaient rien. Assujettis à cette enfant
Marie, ils déploraient la disparition de Nitila et se
trouvaient anéantis d'un coup comme l'Église de Saint-

Simoléon, la cathédrale que Nitila avait bâtie pour eux, jour après jour, avec l'encens des mots, les couleurs du rêve et la rage de la foi. Alors, ils se sentaient trahis et ânonnaient des paroles mièvres pour apaiser leur fièvre pendant qu'un sentiment de haine — bouquet de fleurs sauvages d'un rouge sang — ouvrait ses pétales en leurs cœurs.

On espéra longtemps.

Longtemps.

Dans la noirceur des chambres, les bras levés au ciel, on répéta pour soi, et avec foi, la Vérité de Nitila : « La vie c'est la mort et la mort c'est la vie. » Le regard coursant la fumée d'une bougie à cinq sous, la bouche amère de tristes prières rabâchées, les gens traquaient partout le souffle de la joie, le feu, la puissance et la gloire de l'espérance derrière ce couplet usé clamé avec toute la ferveur de leur âme mais qu'ils ne parvenaient jamais à porter bien haut. Avant de toucher les toits de tôle, la Vérité s'étiolait, s'effilochait lamentablement, les laissant déchirés, assoiffés et rompus. Manquaient à ces démonstrations le charisme impressionnant de Nitila, sa voix d'airain pour soutenir cette loi céleste devant laquelle les humains ordinaires de Saint-Simoléon s'agenouillaient jadis. Depuis lors, des chœurs d'un pleutre scepticisme s'élevèrent du mitan de leurs corps, pour dénoncer l'Église sans fondation de Nitila et crier que, oui ! sur cette terre foisonnait bien la vie, tandis que la mort n'était que cendres, pourrissement et néant. Quant à Mamzelle Marie la Jalousie, elle pouvait rejoindre sa mère au cimetière, pas un ne chanterait pour elle les cantiques de feu Nitila.

L'année suivante, en 1975, Marie travaillait comme vendeuse dans un magasin de tissus, Le Grand Palais. Sybille, élève-infirmière en deuxième année, fréquentait Gino depuis peu. Lorsqu'elle avait aperçu Sybille derrière la vitrine, Marie s'était précipitée sur le trottoir et plantée devant son amie d'enfance. — « Alors ! tu as continué ? »

Sybille avait baissé les yeux, car elle n'avait jamais osé jouer la mort des amants de Basse-Terre sous le toit de Coraline. Le visage de Marie la Jalousie s'était chargé de douleur. Pour se faire pardonner, Sybille se souvenait d'avoir cherché, dès ce moment-là, à renouer les liens qui les avaient unies autrefois à Saint-Simoléon. Elle voulait s'amarrer à Marie, ne plus la quitter. Elle faisait fi des avertissements, de la guerre qui s'était déclarée en dedans de ses chairs. Elle se moqua de la voix de la vieille Suzanne qui lui ordonnait de terrer son corps au plus vite, en quelque endroit inconnu de Marie. À mille lieues, Seigneur ! à mille et une lieues de Marie, très loin de son visage pétrifié sur lequel seules ses lèvres remuaient, pareilles à celles d'une marionnette.

Lila souriait dans son sommeil. Et tandis que l'hôtesse annonçait l'atterrissage, un brin fiévreuse, Sybille songeait aux sages du pays, ces personnes averties, messagères du destin qu'on n'écoutait jamais. Ils apparaissaient soudain, colportaient des histoires, assenaient des prédictions, enchaînant les événements avant même que ceux-ci ne s'articulent pour composer une histoire cohérente, empesée de soupirs et de rebondissements, bien avant que l'accumulation des faits n'éclaire la trame et les tracés borgnes, ne démasque les démons.

En 1969, Sybille avait quinze ans. Suzanne, une ancienne coupeuse de cannes de Saint-Simoléon, s'était assise dans un fauteuil de bambou du salon de Coraline. Elle s'était déplacée jusqu'à Pointe-à-Pitre pour raconter qu'en songe, elle avait vu Marie la Jalousie arriver en ce monde, bénie par les filles de Gloria — trois sœurs — qui, l'année de sa naissance, avaient été charroyées par la rivière Grand-Saut. Trois pauvres vierges en mal d'amour, cœurs faméliques, âmes maléfiques errant au purgatoire. C'était jour de grande lessive. De l'eau jusqu'aux cuisses et les tétés bandés dans leurs corsages trempés, elles riaient et causaient de leurs amours futures. Voilà comment on trouve sa mort de ce côté des mers ! Comme deux et deux font quatre, leurs rires trop clairs déchaînèrent la colère d'un Satan Lucifer qui arpentait ses terres en bordure de rivière. Les eaux se mirent à gronder et enfler sournoisement. En un rien de temps, elles avaient été happées, ballottées, jetées de roche en roche et fracassées. Réalisant que leur existence s'achevait dans les eaux furibondes et boueuses de la rivière Grand-Saut, elles n'avaient obtenu des cieux que le répit d'une infime prière, un « Ave Maria ». On retrouva leurs corps trois jours plus tard, la gorge emplie de feuilles. Les os tout biseautés crevant les chairs meurtries. Leurs yeux grouillant de titiris. Et des branchages pleins les cheveux, nattés sauvagement par les doigts du courant.

Là-bas, gémissait l'aïeule, dans le Royaume du Milieu, loin du ciel et à deux pas de l'enfer, les trois sœurs avaient rencontré le vieux Nérée... Le scélérat, l'oncle violeur de Nitila. C'était le propre jour de son trépas. Il allait sur un canasson d'infortune, se tordant de douleurs, la bouche et les entrailles brûlées par le poison de Lisia. Et il pleurait, le chien!, implorant ceux qui croisaient son chemin : « Priez pour moi! Mes frères et sœurs! Priez pour mon âme! Car le rhum a décalbiché ma vie. Par sa faute, Seigneur!, j'ai défoncé ma nièce Nitila. Et l'enfant qui naîtra n'aura pas de papa. »

C'est ainsi que les trois vierges en mal d'amour s'étaient attachées à Marie. Avant même sa naissance, l'enfant avait hérité de trois marraines mortes-vivantes, rebut des eaux mauvaises, femelles interlopes aux regards creux, corps bois-flots qui résonnaient-grondaient de mille fracas. Et les vierges sanglotaient, Seigneur!, sur l'existence interrompue et les passions manquées. Comme des tiques s'entichent d'un bœuf, elles vivaient aux dépens de Marie, les dents plantées dans son cœur, tétant sa vie par les pores, se nourrissant de ses peaux mortes, des rognures de ses ongles, des démêlures abandonnées au peigne. Elles étaient derrière chaque pensée, souffle et rêve de l'enfant. Elles voyaient par les yeux de Marie, jalousant à trois voix tout ce qui ressemblait peu ou prou à un frisson de chair.

Et, tandis que Nitila courait de cimetière en cimetière, rabâchant sa Vérité sur la vie et la mort, les trois vierges fredonnaient à Marie que l'amour seul est le pain quotidien.

Sybille soupira à la pensée de la vieille chabine aux dentier jauni qui lui avait narré cette sombre histoire. Sûr qu'elle était déjà morte aussi, avait rejoint les autres...

Écartelée entre les temps passé et à venir, entre New York, Pointe-à-Pitre et Paris, à l'étroit dans son siège d'avion, Sybille se sentait pourtant presque recomposée

pour la première fois depuis qu'elle avait fui la Guadeloupe. Après le départ de Marcello, qui avait suivi la
fâcheuse rencontre avec Marie sur le quai de la station du
métro Raspail, elle s'était crue perdue, condamnée à vieil-
lir dans l'amertume, courbée dessous la honte et piétant
misérablement dans les mensonges sur lesquels sa vie
s'était érigée.

Sybille se souvenait d'avoir tressailli, tandis que
Suzanne terminait le récit des trois sœurs. Coraline avait
écouté sans broncher. Marqué un long silence après le
point final. Puis elle avait éclaté :

« Des rêves ! encore des rêves ! Mon Dieu Seigneur ! Les
gens de Guadeloupe nichent toujours un dernier rêve à
explorer ou à interpréter. Rêve brandi comme fanal pour
éclairer les jours ! »

Tapotant les bras de son fauteuil, Suzanne avait
gloussé : « Eh oui ! je suis sortie de Saint-Simoléon pour
cette seule raison. Mon dos est un enfer, mes genoux sont
un calvaire. Je suis presque aveugle. J'ai manqué jeter
mon corps à terre en montant dans le transport. Et je suis
là quand même… J'ai pas le don. J'ai jamais prié pour ça.
Mais c'est tombé sur moi. Ça fait cinq siècles que j'ai pas
touché La Pointe. Alors voilà, c'est ainsi. Je rencontrais
parfois le vieux Nérée et sa nièce Nitila. J'ai observé
comment Marie la Jalousie poursuivait ta Sybille. Pareille
à une mouche après du sirop-miel. À l'enterrement de son
pauvre papa Robert et de son petit frère, j'ai remarqué de
quelle manière elle la regardait, sans en avoir l'air pendant que Nitila clamait sa Vérité. Cora, c'est pas la première fois que ce rêve me visite. Et crois-moi, j'ai tourné
et viré cent fois avant de me décider, surtout que ça

ressuscitait cette malheureuse fille, Clothilde, la rêveuse cueilleuse de fleurs. C'est pas de ma propre volonté que je suis là devant toi, ma Cora. C'est que j'ai pas pu reculer davantage. Je ne sais rien de cette Clothilde, mais je suis sûre que c'est bien elle qui me pousse. Elle est là chaque nuit avec son bouton de rose entre les dents et de petites ailes plantées dans le dos. Elle jure qu'elle veut le bien de Sybille. Robert et elle, ils s'aiment, au paradis. La mort, c'était leur destinée... Mais Clothilde souffre. Elle se console pas qu'une orpheline soit livrée sans défense aux griffes de la jalousie. »

Coraline avait soupiré : « Mon Dieu ! Doux Jésus ! Laissez donc les morts avec les morts !

— J'ai fait mon devoir, Cora. Sybille a déjà perdu son papa et son petit frère, sa manman est à l'asile. Et Marie n'a pas encore accompli son œuvre ! Elle va la talonner pendant longtemps, pour dérober tout ce qui lui sera prêté, Cora, tu connais La Jalousie...

— Chabine, oublie La Jalousie dans sa caloge ! avait soufflé Coraline.

— Tu dis bien, mais faudra pas pleurnicher trop tard... » Puis, se tournant vers Sybille, elle avait ajouté : « Un jour, tu te souviendras de moi. C'est Clothilde qui m'a envoyée !

— Tais-toi, chabine ! Mon Dieu Seigneur ! Mais qu'est-ce que tu veux fourrer dans la tête de cette enfant ? s'était écriée Coraline.

— Bon, je retourne à Saint-Simoléon, avait bougonné la visiteuse », avec l'air satisfait du devoir accompli. Puis, tirant de son sac un minuscule flacon d'une eau rosâtre qu'elle déposa sur la table du salon, elle murmura deux mots à Coraline qui enfouit aussitôt la fiole dans son corsage. Et personne n'entendit plus parler de Suzanne, des trois vierges mal d'amour et de Marie la Jalousie. »

En 1975, Gino était en pleine gloire. Sybille venait à peine de l'autoriser à glisser un doigt dans sa culotte. Gino était brancardier à l'hôpital général de Pointe-à-Pitre où elle suivait sa formation d'infirmière. À trente-deux ans, le bellâtre célibataire était fin connaisseur en femmes. Il se faisait parfois passer pour un jeune médecin frais diplômé de Toulouse ou de Bordeaux et appâtait vitement les oiselles en blouses blanches qui, sans marquer le pas, entraient avec lui dans ce jeu où prendre et donner se confondaient toujours.

Quand Marie entraperçut Sybille derrière la vitrine du Grand Palais, celle-ci marchait au bras de Gino. Elle les avait présentés l'un à l'autre. À cette époque, Marie mesurait les toiles au mètre tout en jetant des coups d'œil jaloux aux couples d'amoureux qui défilaient sur les trottoirs. Sa peau était lisse, ses cheveux défrisés, tirés en arrière. Ses lèvres, qui avait déjà baisé plus d'un homme, étaient fardées d'un rouge sombre. Les deux amies avaient échangé leurs adresses et la semaine suivante, Marie étirait son corps dans le lit de Gino.

C'était un après-midi de Carême. Sybille s'était enfin décidée à offrir son corps à Gino. Moite et craintive, elle avait frappé des petits coups à sa porte. Trois petits coups secs, messagers des longues phrases d'amour nouées en ses chairs : « Voilà, je suis là. Je t'appartiens pour la vie éternelle. Je suis à toi, Gino. Mais surtout, ne me blesse pas. Je te confie mon trésor pour que tu renonces enfin à celles que tu aimes moins que moi... »

De l'autre côté de la cloison, le sommier avait grincé. Puis le silence. Avant de descendre dans la rue, Sybille avait patienté une heure près de la porte. Seule avec son souffle, postée à l'encoignure d'une boutique de colifichets. Gino et Marie étaient sortis sur le tard, l'un derrière l'autre, pareils à deux voleurs.

Le lendemain, comme si de rien n'était, Gino avait de nouveau déclaré son amour à Sybille. Il poussait un vieux-corps à gros pieds dans une chaise roulante.

« Tu es celle avec qui je vais me marier, ma chère Sybille. Tu es la seule que...

— Sois à cinq heures devant le photographe, place de la Victoire. Nous irons dans ta chambre. »

Gino avait avalé sa salive et lancé une œillade au vieillard qui bavait dans son fauteuil.

Sybille avait lâché ces mots-là sans bien comprendre d'où ils pouvaient surgir. Toute la journée, ils avaient tourné dans son esprit... Nous irons dans ta chambre... Nous irons dans ta chambre... Nous irons dans ta chambre. Et pendant qu'elle apprenait à compter les gouttes des perfusions, elle se voyait couchée sous Gino, incapable de proférer le moindre mot, incapable de déraidir son corps... Nous irons dans ta chambre... Nous irons dans ta chambre... Et elle lisait l'horreur sur le visage de Coraline, ses yeux la fixant avec une sourde réprobation dans un portrait imaginaire suspendu sur un mur de la chambre de Gino. Plusieurs fois, Gino était apparu au travers des persiennes de la salle de cours, lui envoyant des baisers qui déclenchaient les rires et jacasseries des élèves.

Pointe-à-Pitre commençait à fermer boutique lorsqu'elle arriva sur le lieu du rendez-vous. Gino l'attendait déjà, une cigarette au bec.

« Gino, j'ai peur, bredouilla-t-elle.

— Est-ce que tu m'aimes, *darling*? C'est la question. Est-ce que tu es prête à vivre auprès de l'homme que tu aimes? Je suis sûr de moi, Sybille. Tu es la seule qui compte. Je t'ai déjà dit que les autres me font passer le temps. Ça fait deux ans que je t'espère, pas vrai, chérie?

— ...

— Tu connais mon cœur, hein! Allons-y! » Gino lui avait pris la main. « Nous nous marierons, nous aurons des enfants, beaucoup d'enfants. Autant que tu veux...

— Tu promets que tu vas m'épouser, Gino?

— Tu le sais bien!

— Et si nous avons un garçon, nous l'appellerons Marcello! »

Gino avait ri et chanté deux trois accords... Marcello o-o. Marcello-o-o, la vie tu connaîtras!

« Tu es bien d'accord : Marcello! »

Il avait encore ri et secoué la tête : « Tout ce que tu veux!

— J'ai peur! Gino...

— Une femme ne doit pas trembler quand elle remet sa fleur à l'homme qu'elle aime... Mais peut-être que tu ne m'aimes pas assez, Sybille? Alors, si c'est ça, vaut mieux se séparer maintenant. Je ne te force pas! »

Sybille s'était accrochée à son bras.

« Non, te fâche pas! Je t'aime...

— Est-ce que tu vas me le prouver, chérie-doudou? »

Elle avait fermé les yeux et répondu :

172

« Oui, Gino... »

Oui sans condition à l'amour. Oui au grand voyage dans les doutes et les tourments. Oui au risque d'un ventre à crédit... Oui aux sortilèges, à la jalousie nichée en elle comme une portée de serpents.

La chambre de Gino était une pièce lugubre meublée d'un lit de fer forgé aux draps grisâtres et fripés. Ouvert comme une gueule affamée de la chair fraîche des négresses que Gino ramenait. Il y avait de la poussière sur les étagères et de la rouille sur le frigo. Une porte entre-bâillée donnait sur un cagibi planté d'un lavabo en faïence rempli de vaisselle sale. Une serpillière trouée finissait de sécher sur des bouteilles consignées.

Ils s'étaient d'abord assis sur le lit. Tandis que les longues mains de Gino allaient et venaient sur son corps, Sybille songeait à Marie. Elle la revoyait au temps où elles mimaient à deux les derniers instants des amants de Basse-Terre. Marie allongée nue sur la couche de sa maman, jurant qu'il n'y avait pas de mots pour décrire ce qu'elle avait aperçu, seulement des oh! oh!...

Une petite chanson d'enfant lui revint aussi...

Robert est parti chercher du boudin
Il a trouvé une putain
Boudin chaud
Boudin froid
Le diable est passé par là...

Quand Gino eut fini de la déshabiller, Sybille se retrouva comme au temps de ses sept ans, nue dans les yeux de Marie dont elle sentait encore la présence sous les doigts de Gino, dans ses cheveux, dans l'odeur des draps. Les temps s'enchevêtrèrent...

Boudin chaud
Boudin froid
La mort est passée par là...

Autrefois, leurs rencontres avaient toujours semblé innocentes, pures cabrioles ou accrocs du hasard. Mais lorsque, dix-huit ans plus tard, Sybille revit Marie à Paris où tant de gens se frottaient sans jamais se reconnaître, vivaient ensemble sans que les regards ne se croisent, se jaugent ou bien se cherchent, le passé avait ressurgi d'un coup, ôté son masque d'un geste théâtral.

« Oh! Oh! » Ces mêmes oh! que Marie criait à l'âge de sept ans pour exprimer ces choses qui se profilaient, mais qu'elle ne parvenait pas à nommer.

Marie avait hurlé dans la foule. Et ses oh! oh! oh! avaient fusé jusqu'à Sybille, la faisant sursauter.

« Oh! Sybille! C'est bien toi... Quel miracle! » Pour approcher Sybille, Marie s'était frayé un chemin, avait écarté les voyageurs massés sur le quai.

« M'man, c'est qui? avait demandé Marcello. C'est qui cette dame?

— C'est rien! Quelqu'un que je connaissais aux Antilles.

— Oh! Oh! Sybille! ma sœur! rugit Marie en secouant une abondante chevelure de lionne, tissée de fausses mèches, qui ondulait de part et d'autre de sa figure.

— Oh! c'est un miracle! Après tout ce temps! Pas vrai,

174

Sybille! Dieu a exaucé mes prières. Je t'ai enfin retrouvée... »

Et elle avait commencé à dévider des bobines et des bobines de paroles comme une démente habitée par un esprit bavard... Sa vie en Guadeloupe depuis le départ de Sybille, son infertilité, ses crises de foi, la construction de sa maison... Elle vivait à présent avec un Africain rencontré à Basse-Terre, commerçant de tissus entre Pointe-à-Pitre et Dakar. Elle l'accompagnait pour la première fois. Ils étaient en quelque sorte en transit en France. Oh! quel miracle! N'est-ce pas, Sybille!...

Sybille priait pour que Marie ne prononce surtout pas le nom de Gino. Les pensées imbriquées, elle envisageait la fuite comme ultime recours. Courir loin de Marie. Vite! Soustraire Lolo à ses révélations.

« Ah! voilà le fils de Gino! s'écria-t-elle, en embrassant de force Marcello. Un grand garçon! Je suis sûr que son papa est fier de lui... Ah! je suis contente pour toi, Sybille! »

En 1975, Marie n'arborait pas ces faux cheveux. Elle n'usait pas des paroles avec tant de passion. Elle donnait son corps à Gino. Elle passait son temps dans sa couche...

Sans pudeur aucune, sans le moindre remords, Marie osait évoquer Gino, couvant Marcello des yeux, comme un aigle sa proie. Dix-huit années plus tard...

« Oh! c'est le portrait craché de son papa!... Tiens, je l'ai rencontré la semaine dernière. On a parlé de toi, de notre jeunesse. »

Alors, Sybille avait doucement vu le visage de Marcello se décomposer. Tandis que Marie déversait ses couplets fatidiques d'une voix égale, il l'avait regardée comme si elle n'était rien d'autre qu'un monstre.

« Ah! bon, tu sais rien! Comment ça se fait? Ben, il est rangé. Marié. Bon père de famille. Il prêche au temple depuis bientôt... »

Des bouts de phrases incisives qui réveillaient le passé et généraient d'un coup un père à Marcello.

« Le portrait de Gino. Un bien beau garçon. Et gentil, c'est certain... Faut que ton fils le connaisse... »

Lorsqu'elles s'étaient quittées, Marcello n'avait pas dit un mot. La laissant seule avec elle-même, il avait disparu dans la foule.

À l'aéroport John Fitzgerald Kennedy, Henry nous attendait en compagnie de James-Lee.

Pour ses soixante-quatorze ans, Henry était assurément séduisant. Un homme solide et droit, pareil à un gros arbre plein de sève, vieux et vert à la fois. Lila n'avait pas menti, Henry ressemblait à Harry Belafonte. Ses cheveux étaient d'un noir lustré. Son visage, à peine ridé, portait quelques taches d'un brun plus sombre que sa peau couleur de feuille sèche de bananier. Quand il avait refermé ses bras sur Lila, qu'il l'avait soulevée et fait tournoyer comme une enfant, je les avais aussitôt imaginés cinquante années plus tôt, dans ce Paris d'après guerre qu'elle m'avait tant de fois dépeint. J'avais tremblé pour le cœur de Lila, mais Henry avait deux grandes mains de velours qui n'en finissaient pas de la câliner. Lila riait, pleurait, poussait des petits cris de protestation. Tandis que James-Lee les observait derrière ses lunettes fumées, avec un fin sourire qu'épousait une moustache grise et drue piquée de poils blancs, je me disais qu'à la place de Lila, si j'avais eu la chance de rencontrer quelqu'un tel que Henry, je ne l'aurais jamais laissé partir. J'aurais fait mes adieux à la

France. J'aurais tout vendu à Paris. Je serais devenue Américaine. Je n'aurais pas pu vivre loin de ses bras, loin de ses longues mains...

Soixante-quatorze ans et une si puissante lumière dans le regard qu'il en devenait presque aveuglant. Dans les yeux de Henry, sur lesquels flottaient des petits nuages blancs, je voyais d'un coup mon propre reflet, avec mes creux et bosses. Je me découvrais telle qu'en vérité, sans amour, desséchée, perdue, abandonnée, seule et misérable. Je l'avais jalousé, lui si âgé, si serein, pas même ébréché par les coups de la vie, heureux.

James-Lee avait le teint bien plus pâle que celui de Henry. Je me souviens d'en avoir déduit que sa mère, Lana avait dû être une mulâtresse. Une jolie mulâtresse de La Barbade, car James-Lee était un très bel homme. Quand il m'avait serré la main, un drôle de frisson m'avait saisie au cœur, me laissant un instant dans un état d'égarement avant de m'obliger soudain à faire l'effort d'amour, prendre ma vie par le col.

Henry et James-Lee nous avaient invitées au restaurant The Kreyol. Henry possédait une Buick verte datant des années soixante-dix. Sur le pare-brise, il avait plaqué un autocollant en forme de cœur : *God loves you! But don't forget Love yourself!* Les sièges recouverts de housses neuves à rayures disparaissaient sous des quantités de coussins à pompons qu'avait confectionnés Lana sa vie durant. Même pendant sa maladie, elle avait continué à enrouler de la laine de toutes les couleurs autour de cartons découpés en rond, à nouer les fils et à rassembler les pompons. Au fur et à mesure que le cancer s'installait, grignotait ses poumons, elle les avait taillés de plus en plus petits.

« Celui-là, c'est le dernier qu'elle a terminé, commentait Henry dans son français posé, en effleurant un coussin jaune un peu crasseux. Vingt-trois ans qu'elle s'en est allée... Quand elle fabriquait ses pompons, elle répétait toujours : "Oh! c'est du travail! *What a hard work!*" Et je lui répondais : "Mais ça sert à rien, tes coussins!" Et elle de rétorquer : "Si, ça sert à occuper les mains et l'esprit. Et à remplir le temps. *Time goes away...*" » Il avait ri sur ces dernière paroles.

James-Lee conduisait d'une manière très détachée. Son regard coulissait de la route à son rétroviseur intérieur qui lui renvoyait Lila. J'étais derrière lui, je voyais son cou, ses cheveux noirs frisés coupés au carré, le haut de sa tête et ses deux petites oreilles. C'est à ce moment-là que j'avais eu envie de fourrer ma main dans le col de sa chemise, d'embrasser sa nuque. J'étais à New York et n'en revenais pas d'être tellement grisée par cette ville, par ce qui défilait devant mes yeux. Excitée d'être dans cette voiture dont le chauffeur ne pouvait imaginer les pulsions de désir qui roulaient dans mon esprit. Il n'avait pas prononcé un mot de français depuis l'aéroport. Henry traduisait parfois ses propos... « Oh! James-Lee vous suggère de regarder les Twins Towers!... Là, Central Park... Nous traversons Broadway... »

Je ne connaissais que Paris et la Guadeloupe. Et je me disais que j'étais dans cet état de fièvre et de vertige à cause des hauteurs de buildings, des enseignes en anglais, de tous ces drapeaux américains flottant aux frontons des gratte-ciel, des rumeurs de la ville aussi. À cause des nuages qui semblaient filer dans le ciel plus vite qu'à Paris. À cause des centaines de pompons qui encombraient les sièges de la vieille Buick. À cause de Lila peut-être qui riait et applaudissait New York, les souvenirs de Paris et sa jeunesse d'antan dans les yeux de Henry. Tandis que nous nous dirigions vers le restaurant, je me surprenais à penser qu'il devait faire bon dans les bras de James-Lee, blottie contre sa poitrine, nue, enveloppée du même drap. Et en même temps que ces idées saugrenues grandissaient en moi, des nœuds se desserraient : je n'avais plus peur pour Marcello. Je ne songeais plus au destin de Gino. Et mes mensonges éventés ne reproduisaient plus ces ombres au-dessus de moi. Je me sentais d'un coup affranchie. Libre et euphorique. Projetée dans un monde nouveau, très loin des morts de mon enfance.

Au lieu de toucher le cou de James-Lee, j'ai cherché les mains de Lila qu'elle avait jointes entre ses cuisses, sur sa jupe plissée blanche et bleue. Ses petites mains tachées et déformées par l'arthrite. J'ai rencontré les os durs de ses doigts aux ongles longs vernis du rouge Shalimar. J'ai alors fermé les yeux pour ne plus voir la nuque de James-Lee, ses lunettes noires dans le rétroviseur. Et, confiante, je me suis laissé conduire comme une aveugle au milieu du brouhaha de la rue, des rires de Lila et de Henry et puis des phrases que James-Lee lâchait en anglais.

J'ai vu New York
New York USA
J'ai jamais rien vu d'au
J'ai jamais rien vu d'aussi haut
Oh ! C'est haut New York
New York USA

Empire State Building oh! c'est haut
Rockefeller Center oh! c'est haut
International Building oh! c'est haut

Lorsque la voiture s'est arrêtée, j'étais sonnée comme si je venais de faire dix tours de grande-roue, à la foire du Trône. Nous étions garés dans un parking. Le gardien, un vieux Blanc un peu bossu, ne savait que grogner et troquer un ticket contre un billet qu'il ajoutait à ses liasses de cinq, dix et vingt dollars.

« Voilà, Lila! Voilà, nous ne sommes plus très loin! souffla Henry. Dis-moi si t'es fatiguée...

— Mais non! Je suis en pleine forme!

— Appuie-toi quand même à mon bras et à celui de James-Lee! Je te connais, hein! Toujours *proud*... Hein! fière... »

Moi, je marchais comme dans de la mousse. J'avais l'impression de flotter. J'avais le cœur qui battait pire qu'un tambour derrière les couplets de Gainsbourg :

J'ai jamais rien vu d'au
J'ai jamais rien vu d'aussi haut
Oh! C'est haut New York
New York USA

Dès que nous eûmes franchi le seuil du restaurant, James-Lee fila derrière le comptoir. Henry et Lila s'étaient installés à une table. Il y en avait une dizaine, dressées de couverts posés sur des sets en papier qui présentaient des cocotiers et des fruits exotiques. Aux murs, des peintures haïtiennes exposaient ces visages de femmes noires, mouchoirs blancs sur la tête, qui semblaient regarder le monde avec une sévère fixité. D'autres tableaux offraient les inévitables paysages de plages de sable blanc, d'îles sous le vent et de soleil couchant. Et puis il y avait des séries de portraits légendés... Henry à vingt-cinq ans. Henry à soixante ans. Henry et Lana devant le premier Kreyol Food. Lana, enceinte. Les enfants à tous les âges. Sundra ressemblait à sa mère. On la voyait là, le jour de la remise des diplômes de l'Université. Michael face à un ordinateur. Rodgers devant son garage. Sundra et Michael, un jour de Thanksgiving. James-Lee à dix ans. James-Lee à trente ans, le jour de ses noces. James-Lee marié... Un peu dégrisée, j'étais allée m'accouder au comptoir, pour ne pas déranger Lila et Henry qui, les doigts emmêlés sur leur table, se chuchotaient des secrets à l'oreille. Je suis restée en admiration devant eux, un Noir et une Blanche, qui avaient partagé une histoire d'amour en France dans les années d'après guerre et qui s'étaient donné rendez-vous à New York, près de cinquante ans plus tard. Au bout d'un moment, Lila avait versé une larme. Henry avait aussitôt tendu un mouchoir. Lui avait essuyé les joues.

« T'en fais pas, *baby*!

— J'ai regretté, tu sais...

— Laisse tomber les regrets. Tu es là aujourd'hui et c'est bien comme ça.

— Tu m'en as voulu, hein? » s'inquiéta Lila.

Henry éclata de rire.

« Bien sûr! J'ai même prié pour que tu meures très vite après mon départ. »

Lila pouffa, douce-amère : « Ça va plus tarder, t'en fais pas!

— Je t'en prie, pense pas à ces choses-là! supplia Henry en repoussant sa chaise. Je vais te montrer les photos... Hé! t'aimes toujours le jazz, Lila? Écoute! c'est Miles, *Someday my Prince Will Come* », poursuivit-il en pointant un index comme si la musique était un papillon ou un oiseau, un corps vivant doté de formes et de couleurs.

On s'était retrouvées seules, Lila et moi. On n'avait rien à se dire, on se remémorait les hommes qui avaient traversé nos vies. Elle, Henry, Hans et Frédéric, un peu tous les autres. Moi, je me revoyais en Guadeloupe avec Gino. Pendue au bras de Gino, sur la place de la Victoire. Au cinéma La Renaissance, en train de regarder un film de karaté parce que Gino était un fan de Bruce Lee. Moi je ne raffolais pas de ce genre de spectacle, mais je le suivais comme son chien dans nos rares sorties. Surtout dans sa chambre... Je lui avais donné ma bouche et j'avais ouvert mes cuisses pour lui faire plaisir. Pour être pareille à mes rivales.

J'avais combien... vingt et un ans. Il me courait après depuis deux années. Il me jurait qu'en dehors de moi, les filles n'étaient rien : des malpropres qui aimaient le vice. Il attendait de cueillir ma fleur pour les abandonner à leur indignité. Il avait le don de la parole et, petit à petit, toutes, on finissait par succomber. On le croyait. On se persuadait que les mots avaient le pouvoir de changer le destin. On était convaincues que les mots étaient des sentiments tout droits piochés du cœur, même pas maquillés, même pas travestis. On s'engluait dans sa belle prose. C'est comme ça que j'ai eu Marcello, à cause des mots...

À Paris, j'ai connu Patrick, un Breton, Michel, un Corse, et Daniel, un Martiniquais. Amours tièdes et bancales qui ne me donnaient pas la fièvre, n'écorchaient pas et me laissaient désabusée. C'était à force de les croiser, de les fréquenter, d'écouter leurs propositions, et de me frotter à eux que je m'astreignais à imaginer des paradis possibles bâtis sur les mots Amour et Toujours. Des mots que j'attrapais dans ma bouche après eux et que je suçais jusqu'à l'âme comme des mangos-pommes, en cherchant à déceler des parfums de fleur, de rhum ou de vanille.

J'allais vers mes quarante ans ; on était en 1993, sept ans avant l'an 2000. Et pour la première fois, j'étais de moi-même furieusement attirée par un homme. James-Lee... Pourtant je n'avais pas encore vu ses yeux. On s'était serré la main. On ne s'était pas parlé. Mais j'avais eu envie de glisser mes doigts dans ses cheveux, caresser sa nuque. Enfouir sa tête entre mes cuisses. Il était marié...

Je me sentais rajeunie, enivrée de désirs et décidée à basculer dans la folie, écrire des lettres d'amour, me mettre à genoux devant lui. Je brûlais d'aller dans l'arrière-cour. De passer les bras autour de sa taille. Mais je restais sage, sans bouger. Tellement peur de tomber dans le ridicule.

Henry était revenu avec trois albums-photos. Il avait pris place auprès de Lila et m'avait invitée à me rapprocher. James-Lee nous avait rejoints. Il se tenait debout près de moi. Son souffle chaud descendait le long de mon cou.

Marcello !

Sybille lui avait donné le nom de son frère.

Son cadet regretté.

Marcello... pour se venger du sort qui lui avait volé ce frère qu'avait promis le ventre de Noémie.

Marcello, pour faire comme si les heures d'amour égrenés avec Gino n'avaient été qu'un rêve. Comme si l'enfant était apparu dans sa vie par une opération du Saint-Esprit, un beau tour de magie...

Marcello, pour gommer de son esprit l'idée qu'elle n'avait été qu'une parmi tant d'autres dans le cœur de Gino.

Marcello pour se laver de Gino, l'effacer de sa mémoire...

« Ton papa ? Il est au ciel, Marcello ! »

« Ton pauvre papa ! il est mort... Tout le monde l'a regretté en Guadeloupe... »

« Non ! j'ai pas de photos. Tu sais en ce temps-là, on prenait guère de photos ! »

« Non ! La Guadeloupe, ça sert à rien d'y retourner.

Mes parents, ils sont décédés et ton papa aussi. Heureusement, on a notre Lila! »

Et Marcello l'écoutait, gobait ses mensonges. Pauvre innocent abîmé dans les contes. Il avait peut-être cinq ans, la première fois qu'il avait demandé son père. À cause des enfants de l'école maternelle qui vantaient leurs papas, menaçaient d'aller raconter des choses à leurs papas qui existaient quelque part, dans un monde que Marcello avait peine à imaginer. Des papas toujours sauveurs qui surgissaient du néant, tels des aigles gigantesques et vengeurs. Papas pleins de bravoure qui ne craignaient personne, pas même la maîtresse d'école. Alors, quand les petits garçons lâchaient le mot PAPA, Marcello se découvrait subitement inférieur à ses camarades, presque invalide. N'ayant que ses deux seules mamans à présenter à l'univers guerrier des récréations, il partait perdant dans tous les combats, accablé et vaincu d'avance.

La mort s'était imposée à la bouche de Sybille. La mort pour justifier l'absence de papa, refermer le chapitre. Une légende qui n'appelait que le silence.

« Il est plus là, ton papa! »

Et il n'y avait rien à ajouter.

« Tué... dans un accident de la route... et enterré. »

« Je ne veux pas en parler. J'ai trop mal quand j'y songe. Ne me pose plus de questions, s'il te plaît... »

Jusqu'à l'âge de douze ans, à mesure qu'il grandissait à l'étroit entre Sybille et Lila, Marcello ne cessa de harceler sa mère pour qu'elle décrive son père, lui dessine un visage, lui prête des sentiments et, surtout, lui invente un destin.

« Mort comment?

— Dans un accident de la route, je te l'ai dit cent fois...
— Mort quand ?
— Juste avant ta naissance. On allait se marier...
— Il était comment, mon papa ?
— Oh ! tellement gentil... tellement...
— Et sa manman, elle est encore en Guadeloupe ?
— Non ! elle est plus de ce monde ! Ils sont tous morts !
Oh ! pense plus à ça, mon Lolo ! On est bien ici en France,
avec notre chère Lila, pas vrai ! Oublie la Guadeloupe... »

Et les deux femmes avaient beau s'escrimer, emplir les
pièces de leurs litanies et de leurs gestes, le tartiner de
caresses et le mouiller de baisers, puis l'étouffer sous les
cadeaux, les surprises complotées et les surnoms bêbêtes,
Marcello revenait en permanence à ce père disparu.

Pendant ces longues années, Sybille avait succombé à la
pression de Marcello. Elle donnait le beau rôle à Gino.
Père exceptionnel. Fin tragique. Amour unique... Des
feux s'allumaient dans les yeux de Marcello. Et parfois,
regardant son fils, Sybille qui racontait pourtant de
manière chiche et mécanique, finissait elle-même par
croire à ses propres fabulations, à voir Gino couché dans
un cercueil.

Tout s'était détraqué l'année de ses treize ans. Des
copains de classe, Antillais nés à Paris comme lui, étaient
revenus conquis par la Guadeloupe. Marcello avait alors
supplié sa mère de l'emmener là-bas, aux prochaines
vacances. Sybille l'avait envoyé à Londres, en séjour
linguistique.

Elle s'était fâchée :

« Mais, je te répète qu'il y a que des cadavres !

— Ça fait rien ! On ira se baigner ! Tu me montreras
ton école...

— Pour quoi faire? Qu'est-ce que tu veux remuer, Marcello? Tu comprends pas que j'aurais trop mal! Tu veux que je souffre! Tu veux que je pleure! T'es pas heureux ici avec moi et ta bonne manman Lila...

« Et puis, y a trop de jalousie là-bas! trop de sorcellerie! Te laisse pas embobiner par les images de paradis qu'on passe à la télévision. Un jour, quand tu seras plus grand, je te dirai comment la Guadeloupe a failli me tuer, moi aussi. Là-bas, y a des sorcières qui empoisonnent les innocents, défont les mariages et ruinent les boutiques... J'ai plus de manman, j'ai plus de papa à cause de cette jalousie! J'ai plus que mes vieux parents adoptifs, Judes et Coraline...

« Allez! oublie la Guadeloupe, mon Lolo! »

Alors Marcello avait commencé à se cloîtrer dans le silence.

À réfléchir.

À rêver de la Guadeloupe où reposaient son défunt père et un secret que sa mère se refusait à partager.

Il se taisait, ruminait dans son esprit des kyrielles de questions obsédantes sur son père, sur son pays et sur la mort.

Il se taisait quand les deux femmes discutaient des hommes au-dessus de sa tête, comme s'il n'était qu'un coussin en forme de petit garçon posé sur le canapé.

Il se taisait quand Lila jurait qu'elle aimait les Nègres et qu'elle le forçait à examiner la photo de son Henry Faut-rêver, lorsqu'elle le serrait dans ses bras en lui chuchotant qu'il était son enfant béni.

Il écoutait. Obéissait. Se conformait, docile, aux clichés de petit garçon modèle qu'elles lui imposaient.

Pour ne pas leur déplaire, il levait les yeux, cherchant avec application les fantômes que sa maman Lila guettait sur le toit de l'immeuble d'en face. Des gens qui montaient dans des trains et des bus. Et qui dégringolaient les uns derrière les autres.

Il se tenait bien tranquille entre ses deux mères. Oisillon silencieux, emmaillotté de leurs parlottes, couvé de leur amour.

Marcello avait treize ans. Mais elles ne l'avaient pas vu grandir. Et elles trouvaient qu'il ne s'exprimait pas assez, ne riait pas assez, ne mangeait pas assez.

« Mange, Lolo! pour prendre des kilos! »

« Viens, mon Lolo! je veux une bise! »

« Dis bonjour, Lolo! »

Elles l'embrassaient comme si elles voulaient le dévorer. Le gâtaient. Des jouets de bébé. Des cadeaux sans raison pour recevoir ses mercis, exiger ses câlins et l'obliger à grimacer des sourires. Elles lui offraient tout ce qu'il souhaitait. Tout, sauf la Guadeloupe qu'il se promettait en secret.

Un jour, il n'avait plus voulu de leurs baisers, plus voulu qu'elles le touchent. Il avait seize ans, il était amoureux d'une négrillonne de Sarcelles qui avait le droit de le bécoter et de le cajoler, qui faisait des tresses dans ses cheveux.

« Je suis trop grand maintenant! »

Il était devenu trop grand pour tout. Trop grand pour Lila et Sybille. Trop grand pour leur amour, leurs bisous jaloux, leurs Lolo par-ci, Lolo par-là.

« Appelez-moi Marcello! J'en ai marre de vos Lolo! »

La nuit, je restais éveillée dans mon lit. J'imaginais Gino qui me reprochait de l'avoir enterré vivant. Marcello me dévisageait comme une étrangère. Il marchait entre Marie et Gino, les appelant papa et maman. Moi, je me retrouvais dans une sorte de cage avec Lila. On était enfermées. On donnait des coups de bec aux barreaux. On criait, mais personne ne nous ouvrait la porte.

Des matins, je me levais avec l'idée de tout avouer à Marcello. De me libérer de mes mensonges. Je répétais les phrases plusieurs fois dans ma tête...

« Assieds-toi, Marcello. Tu as seize ans. Tu es presque un adulte. Je dois te révéler certaines choses sur ton père et moi. Sur ta naissance... Ton papa n'est pas mort. Il vit en Guadeloupe. J'ai cru bien faire... J'étais jeune, faut me comprendre... J'ai tant souffert quand il m'a abandonnée. Alors j'ai voulu le rayer de ma vie et de la tienne... T'en fais pas, Lolo, un jour, on la verra, ta Guadeloupe... »

Mais, les mots fuyaient toujours en débandade dès que Marcello apparaissait, si élancé soudain devant mes yeux, incroyablement imposant. J'ai pas eu le temps de les dire, ces mots. On a rencontré Marie la Jalousie sur le quai de la station Raspail...

La Guadeloupe. Sybille ne s'imaginait pas y remettre les pieds de sitôt. Pour quoi faire ? Aller rendre visite au cimetière, s'agenouiller devant trois tombes ? Puis satisfaire Marcello, échanger des semblants de paroles avec Gino ? Causer du bon vieux temps ?

Gino était à présent un bon père de famille. Depuis son mariage avec une fille de religion évangéliste, il n'avait plus couru les femmes, avait affirmé Marie la Jalousie. Il ne célébrait plus que Jésus-Christ mort sur la croix pour racheter les péchés du monde. Il prêchait même au temple, le beau Gino...

Qu'étaient devenus les mille serments d'amour qu'il avait su si bien réciter? Peut-être qu'il les avait rangés dans un coffre cadenassé et puis les avait jetés à la mer, avec le souvenir de toutes ses femmes trompées.

« Est-ce que tu m'aimes, Gino? implorait Sybille.

— Tu le sais bien. Déshabille-toi!

— Et Marie?

— Elle ne compte pas... Ne salis pas ta bouche avec cette *manawa*!

— Et pourquoi tu vas avec elle?

— Ça ne compte pas! Approche!

— Et quand est-ce qu'on va se marier, Gino?

— Arrête de poser des questions, Sybille. Déshabille-toi et viens près de moi... Tais-toi et embrasse-moi! »

Pour retrouver Gino en ces étreintes pressées, Sybille mentait à Coraline, prétextant qu'elle révisait ses cours avec ses camarades.

Deux fois par semaine, il l'attendait dans son lit, déjà nu sous les draps. Ne lui retournait pas son bonjour. Souriait voracement à ses formes. Puis, les yeux fermés, sûr de lui, il tendait les bras comme l'acteur d'un mauvais film français, pour qu'elle le rejoigne en vitesse, ne soit plus rien d'autre que ce corps désiré. Il n'espérait d'elle que les gestes d'amour qu'il la sommait d'exécuter. S'il grognait quelques mots, mièvres et doucereux, il ne se racontait plus guère et réchignait à user des belles paroles qui avaient conduit Sybille à sa couche. Il aimait donner des ordres.

Embrasse-moi !
Déshabille-toi !
Viens !
Couche-toi là !

Il vivait pour son seul plaisir.

Écarte-toi !
Ouvre-toi !
Fais-moi entrer !

En ce temps, Sybille avait vingt et un ans. Peu de souvenirs amoureux. S'était une, deux fois laissé toucher par des garçons de sa classe. Elle avait grandi à l'abri des vérités du monde entre Judes, Coraline et Anne-Lise, la servante. Protégée. Toujours accompagnée. Entourée. Aimée. L'honneur et le bonheur de Judes et Coraline... Sisi, par-ci ! Sisi, par-là !...
Lorsqu'elle s'inquiétait de ne pas être déjà fiancée, mariée ou mère de famille, Coraline lui recommandait la patience. « Tu as toute la vie pour trouver un mari. Tu es pourvue d'une beauté rare, ma Sisi. »
Noire, élancée et altière comme sa mère Noémie, Sybille avait la peau lustrée, les cheveux épais. Et deux yeux dessinés au fusain. Elle vivait comme une tare le fait de n'avoir pas encore connu la chair d'un homme, car la

plupart des filles de son âge s'y étaient déjà frottées. Parfois, elle se revoyait à sept ans, couchée auprès de Marie la Jalousie, mimant les gestes d'amour de son papa Robert et de la fille Clothilde. Visions terribles qu'elle refoulait, craignant de subir l'effet de quelque malédiction, de ranimer en elle la folie qui avait germé dans l'âme de Noémie.

Elle s'était rendue à Gino pour toutes ses raisons. Et surtout pour goûter au fruit que chacun convoitait et qui avait tué son pauvre papa Robert.

Gino lui avait murmuré : « Je vais t'apprendre à faire l'amour... »

Il l'avait poussée dans son lit. S'était couché sur elle. L'avait bousculée en marmonnant qu'il l'aimait, geignant : « C'est bon, hein ! »

Et puis, d'un coup, il avait crié, comme si un esprit démoniaque l'avait secoué de l'intérieur, s'extirpait de son corps, se libérait de ses entrailles pour pénétrer dans le corps de Sybille, la traverser avec fulgurance.

C'était ça, l'amour ! Gestes précipités. Parfum d'inachevé. Déchirures, soupirs et délivrances...

C'était ça ! Fabriquer l'amour avec le sel et l'eau de sa chair, la douleur et le don de son corps. C'était ça ! Faire l'amour... Aider un homme à expulser le monstre tapi en lui.

Alors, pour secourir Gino, elle se forçait à gémir comme en écho à ses plaintes à lui. À remuer les reins pour soutenir sa cadence à lui. À s'ouvrir et à s'écarteler. Fière et surprise à la fois d'être là, dans cette couche, sous un homme qui avait besoin de son corps pour exister et se défaire des créatures hideuses qui l'habitaient.

C'était donc ça la mission de la femme sur la terre! pensait-elle. Et puis, quand tout était fini, les démons évanouis, oublier qu'elle avait été témoin de sa dépendance. Feindre la cécité. Se couler dans le moule d'une donzelle soumise tandis qu'il reprenait ses postures mâles.

Parfois, Gino était soudain pareil à un enfant saisi de frayeur. Sybille l'enveloppait aussitôt de ses bras, telle une mère couvant son premier né. Elle lui concédait la paix de ses seins, et l'éternité de son cœur. Elle lui murmurait des mots d'amour qui longtemps cherchaient à se réfugier quelque part en lui et qui, s'il n'y prenait garde, s'infiltraient dans ses chairs. Mais il parvenait toujours à les chasser comme des oiseaux noirs sitôt qu'il s'était délesté de ses démons. Mots tendres et tristes, à l'image de ses pensées à elle, qui voletaient de Marie à Gino, de Robert à Clothilde...

Boudin chaud
Boudin froid
Quand la diablesse croque des fleurs
Le dessert c'est la mort des cœurs...

Bientôt Gino n'accorda plus le temps de la moindre caresse, du plus pauvre mot tendre. Il ne savait plus que ressasser : « C'est bon, hein! C'est bon! » comme pour s'assurer d'un plaisir partagé. Elle était sa chose qu'il investissait et chevauchait d'une manière rosse. Elle était la trace sèche qui menait à sa jouissance à lui. Une terre rocailleuse qu'il ne cessait d'arpenter, à la fois orpailleur, sourcier et grand artificier. Impatient d'en extraire l'or, le feu et l'eau salée. Filons d'or, flots et filets d'eau qu'il buvait d'une même soif. Il devenait une roche dure sur le corps de Sybille. Se heurtait à elle jusqu'à ce qu'elle se change en roche. Deux pierres frottées jusqu'à l'usure pour engendrer le feu qui libérait son âme.

« Oh ! Gino ! implorait-elle, dis-moi comment tu m'aimes !

— Tais-toi, Sybille ! On est bien comme ça, sans paroles...

— Et Marie ?

— Tais-toi, Sybille ! Elle n'est rien. Tu es la seule qui compte... »

Alors, Sybille ne parlait plus qu'avec les yeux. Il reprenait doucement ses sens, moitié déboussolé, moitié soûl, rageant d'avoir encore une fois été arraché à une autre planète sur laquelle l'amour l'avait propulsé. Un sol doux comme des lèvres de femme. En ce lieu, il n'y avait ni ciel ni mer. Seulement la terre, à l'infini, parsemée de corps femelles transformés en rocs ou bien en arbres. Il grimpait à un arbre, s'allongeait sur une roche. Il collait ses lèvres au bois, à la pierre, et soufflait, jusqu'à sentir un frémissement de vie. L'arbre ou la pierre s'animait, respirait, devenait corps de femme. Il triomphait de la mort.

Pareil à un dieu sur cette autre terre, Gino avait déjà compté de nombreuses métamorphoses, quand la fille à ses bords esquissait de sa bouche un cœur, pour évoquer amour et mariage. Propos niais qui le précipitaient aussi sec dans sa couche de Pointe-à-Pitre, où s'étiraient ses innombrables conquêtes. Il s'attachait à des feuillages indigo, à des branches rouges de tiges. Ses doigts s'agrippaient à la roche, cherchant à ramener sous ses ongles un peu de terre du pays béni. Hélas, ses poings s'ouvraient toujours vides sur le mystère de ses lignes de vie. Grands M en lettres majuscules inscrits dans ses deux mains. Le M de son mariage prédit par une petite cousine apprentie devineresse. S'il reniflait ses paumes, brûlant d'y déceler quelque senteur de feuille, il n'y recueillait que l'odeur intime et factice des femmes réelles. Parfums bon marché, eaux de Cologne trafiquées mêlées à des essences amoureuses, musc frelaté, rhum et alcool. Lait, sang et suée.

Il la voyait visqueuse et servile. Mais Sybille était aveugle. Elle l'embrassait, encore et encore, s'accrochant à lui d'une manière pitoyable. Il la repoussait. Sautait du lit... « Oh! faut que tu partes! Rhabille-toi! On va s'inquiéter chez toi! Allez, file! »

Aux yeux de Gino, elle n'était pas différente des autres. Elle mendiait des paroles douces, un dernier baiser, une caresse, un gage de fidélité, une bague en or... Mais lui ne l'écoutait plus. Il secouait les draps avec fureur, le visage soudain fermé, pressé de débarrasser la couche de l'empreinte de leur corps-à-corps.

« Mon Dieu, Seigneur! Sisi! qu'est-ce que tu as fait? Qu'est-ce que tu vas devenir? Ma pauvre Sisi! Comment on va annoncer à Judes que tu attends un bébé? Oh! pourquoi tu as suivi ce Nègre à figure allongée! gémit Coraline.

— On va se marier. Il s'est engagé.

— Promesse de Nègre! »

La main sur le cœur, Gino jura plus d'une fois qu'il serait de parole. Il attendait seulement d'en aviser sa mère, femme de santé fragile, qu'il devait ménager et préparer à l'idée de perdre son fils unique. Un mois s'écoula

196

dans l'espérance d'une demande en mariage. Le silence de Judes. Et les jérémiades de Coraline, combinées à des prières qui exhortaient les saints à veiller sur Sybille et condamner Gino aux flammes de l'enfer.

Un jour, aux abois, il la retint dans un couloir de l'hôpital. Mauvaise nouvelle... La maladie de sa mère avait empiré. Il allait retirer l'ensemble de ses économies de la banque. Acheter un billet d'avion pour la France où un grand professeur devait y opérer la pauvre femme. Il fallait reporter la cérémonie. Alors, si elle souhaitait être en robe blanche à l'église, avec sa couronne de fleurs d'oranger, Gino avait songé à une dame de bon secours. La femme, voisine experte, acceptait de faire passer l'enfant pour un prix raisonnable. Elle savait tenir sa langue. Après... après, quand sa mère trouverait le chemin de la guérison. Après, il verrait pour l'épouser et lui donner des enfants...

Sybille avait reculé d'un pas. Elle s'était aussitôt redressée comme si on l'avait fourrée dans le corset de fierté de sa maman Noémie.

Marcello ! le souvenir de son petit frère mort lui était du même coup revenu...

« Marcello ! Tu avais promis, Gino...

— C'est pas ma faute, Sybille ! Je dois m'occuper de ma manman !

— Tu te souviens, Gino ! Dis-moi que tu te souviens... Tu étais d'accord pour qu'on l'appelle Marcello... Tu avais chanté Marcello-o-o, la vie tu connaîtras ! Tu t'en souviens, Gino ? »

Il s'était fâché : « C'est pas ma faute ! Ma mère est très malade ! J'ai pas d'argent pour t'épouser ! Si tu peux pas comprendre ça, on arrête tout !

— C'est Marie, Gino ! Tu préfères Marie ? » sanglotait Sybille.

Il avait ri.

« Bien sûr que oui ! Elle et toi c'est le jour et la nuit. Toi, t'es une pauvre fille, une pauvre toquée... Elle demande rien, Marie. Elle écarte ses cuisses et en avant la compagnie ! »

Il l'avait quittée sur ces mots. Une pirouette et adieu Sybille ! Adieu les noces et la famille !

« *Menti ! Mentè !* avait crié Coraline. Il a jamais voulu que tu portes son nom. Il t'a couillonnée et t'es pas la première... »

Pendant quelque temps, les dernières paroles de Gino envahirent sauvagement l'esprit de Sybille, pareilles à de la mauvaise herbe dans un jardin à l'abandon. Sybille pensa qu'elle pourrait devenir folle... Suivre avec facilité le chemin ouvert par sa manman Noémie. Manger de la terre. Plonger dans ses certitudes comme en des eaux fécondes, y pêcher des étoiles par milliers, des poissons par paniers, des vérités ancrées dans les replis de son cœur. Et puis croire que personne ne mourait jamais. Et marcher fière et digne sans bien savoir pourquoi... Fière et digne dans un corset imaginaire.

Mais si parfois elle se tenait droite comme Noémie, poussée dans le dos par le vent de la démence, Sybille allait le plus souvent cassée et accablée dans les rues de Pointe-à-Pitre. Sombrée dans le silence, elle marchait, le pas somnambule, le ventre caché-serré dans des toiles amarrées solide, la tête embuée de chimères.

Grâce aux prières miraculeuses de Coraline, Sybille se présenta malgré tout à son examen d'infirmière. Elle récita sa leçon sur la tuberculose, exécuta les épreuves pratiques à la manière d'un automate et réussit à décrocher son diplôme.

Elle rencontra Marie à plusieurs reprises. La Jalousie apparaissait soudain, comme surgie de quelque encoignure, au détour d'une rue, au-devant d'un étal. Toujours les mêmes mensonges.

« Oh! je te le jure! Oh! Oh! C'est vrai... Une seule et unique fois, je l'ai accompagné une seule petite fois, Gino! Et je voulais cent fois te demander pardon, ma Sisi! Cent fois, je te le jure! C'est lui qui m'a cherchée! »

Sybille écoutait Marie, regardait battre ses lèvres fourbes, recevait chacun de ses aveux comme un coup de griffe. Elle se la rappelait à six ans, sage, sur le banc de l'école de Grand-Saut. Et puis, à huit ans, la bouche en forme de O, couchée sur le lit à ses côtés, mimant les gestes des amants célèbres. Terrible Marie baptisée La Jalousie parce qu'elle avait un jour pleuré de rage devant le parvis de l'église en voyant s'embrasser des jeunes mariés. Après cela, elle n'avait pas tardé à prêter son corps aux garçons qui la prenaient par curiosité, pour sucer sa petite coucoune au goût de menthe, mais n'y retournaient pas à deux reprises. Sitôt rassasiés, gagnés par la rancœur et l'écœurement, ils détalaient. Les filles la détestaient et s'offusquaient de sa présence auprès de Sybille à qui elle imposait son amitié avec une autorité doucereuse. Fascinante Marie qui, sous ses voilures blanches de sœur de l'Église de Saint-Simoléon, dissimulait un corps ardent, toujours paré à succomber aux tentations de la chair.

Quand, à l'âge de neuf ans, Sybille avait quitté Saint-Siméon, peine et soulagement se gourmaient dans son esprit. Marie n'avait pas pleuré. Elle l'avait étreinte dans un baiser acide. Et puis, jurant qu'elle l'aimerait jusqu'à la fin des temps, elle lui avait arraché le serment de continuer à jouer le dernier acte des amants de Basse-Terre.

Douze ans plus tard, Sybille n'était plus dupe. Lorsqu'elle tomba nez à nez avec Marie dans une ruelle de Pointe-à-Pitre, elle se garda bien de raconter qu'elle portait l'enfant de Gino, venait de réussir son examen d'infirmière et s'apprêtait à s'exiler en France.

Mais l'autre, qui avait dû en rire avec Gino, savait déjà tout.

« Eh ben, bon voyage, ma Sisi ! Et prends soin du petit oiseau qui dort dans ton ventre ! » recommanda-t-elle en guise d'au revoir, avec son visage placide, son regard lisse, ses lèvres noires.

Sybille avait frémi sous le vent froid que dégageait Marie. Elle s'était promis de ne plus la laisser accoster dans sa vie. De s'enfuir comme le lui avait conseillé la vieille Suzanne. De disparaître. D'aller très loin pour échapper à Marie, Gino, Clothilde, Robert et Noémie... Partir pour ne plus sentir dans son cou le souffle rauque des morts et le halo sulfureux de la folie. Partir pour sauver Marcello...

À Paris, Sybille s'épiait dans ses moindres gestes et paroles, craignant de surprendre dans ses œuvres le mal qui avait atteint Noémie. Peur d'oublier que les gens étaient des mortels. Peur de veiller les personnes décédées, de converser avec eux comme avec des vivants.

Peur de marcher droite, fière et digne sans trop savoir pourquoi, les bras ballants, l'esprit vacant. Peur de se voir manger de la terre. De devenir enragée pour un morceau de boudin. Peur de ne plus se reconnaître dans le miroir. Visage déformé, bouche devenue long bec. Peur de babiller toute seule dans la rue. Peur de mettre au monde un enfant mort.

Elle avait aussitôt trouvé une place dans une clinique privée, aux environs de Neuilly. À se loger dans une chambrette sous les toits d'un immeuble du Xe arrondissement de Paris. Elle avait écrit chaque semaine à Coraline qui se tourmentait de la savoir seule livrée aux innombrables démons de Paris.

Mais Sybille ne souffrait pas de solitude. Elle avait son ventre qu'elle portait haut, promenait fièrement dans les couloirs de la clinique et dans les rues de Paris. Son ventre sans papa qui était son trésor et lui rappelait sans cesse Noémie.

La maladie était tombée sur Noémie bien avant l'envie de boudin, avant la mort de Robert dans la chambre de Clothilde à Basse-Terre, avant celle de son petit garçon. Elle lançait parfois de drôles de regards sur les êtres. Se coulait dans des silences quand on attendait une réponse. Posait des questions déplacées et débitait des réflexions loufoques que Robert ne relevait jamais, comme s'il n'était lui-même pas tributaire de la raison. Elle entraînait Sybille dans de longues promenades où marcher vite était l'unique destination. Marcher sans échanger un mot, la figure battue par le vent, les yeux perdus au-delà de l'horizon. Marcher, la main dans celle rêche et froide de Noémie. La regarder chasser des formes invisibles voletant devant elle, prêter l'oreille à des voix sans visages, déchirer des vêtements neufs, se rouler à terre.

Elles avaient d'un même pas suivi les dépouilles de Robert et de Marcello. Un grand en chêne clair et un petit, blanc cassé, de la taille d'une boîte à chaussures. Nitila, la mère de Marie, avait chanté son couplet sur la mort et la vie. Mais Robert et Marcello n'avaient pas été ressuscités pour autant. Les cercueils étaient restés clos. Et les nombreuses prières d'enfant qui hantaient la tête de Sybille n'avaient rien changé. La mort demeurait la mort et l'existence cette nasse infernale dans laquelle, comme les poissons que ramenait du fond de la mer son papa Robert, les humains tournaient en rond, jusqu'à ce que le souffle vienne à leur manquer.

Autrefois, Sybille avait ri en observant la danse des poissons dans le canot des pêcheurs. Ils sautillaient entre la vie et la mort. La mort et la vie. Elle attendait, amusée, jusqu'au dernier sursaut, l'ultime frétillement. Et quand la vie les avait quittés pour de bon, elle les attrapait par la queue et enfonçait son doigt dans leurs yeux globuleux et leurs ventres rebondis.

La terre s'était refermée sur les deux cercueils tandis que les chrétiens se pressaient autour de Noémie, répétant les paroles d'espérance de Nitila....

« Réjouis-toi! Ne pleure pas! Car vois-tu, enfant, la mort c'est la vie et la vie c'est la mort! »

« Sincères condoléances... »

« Saint serre cordon Léonce!

« Saint Léonce!

« Saint Léonce! rendez-moi mon petit frère Marcello! »

Sybille s'était retrouvée seule avec Noémie. La case soudain immense résonnait de toutes parts de la folie grandissante de sa mère qui ouvrait la porte aux esprits. Celui de son papa Robert et de son petit frère Marcello à qui Noémie donnait à téter et qu'elle voyait grandir et grossir.

Elles avaient passé deux ans ensemble. Sybille tenait parfois la main de sa maman qu'elle disputait à cet autre monde empli de voix et de visages regrettés.

Deux années partagées entre Marie et Noémie, Robert et Marcello avant que Judes et Coraline ne la recueillent chez eux, à Pointe-à-Pitre.

Sybille avait toujours pensé qu'elle mettrait au monde un garçon. Pendant toute sa grossesse, elle avait rêvé de son petit frère. L'avait revu, tête en bas, pendu par le cordon entre les jambes écartées de Noémie. Pauvre petit corps tout bleu, la peau déjà fripée, les cheveux poisseux. Pauvre petit Marcello...

Elle avait accouché à son tour. N'avait pas été surprise qu'il revienne dans sa vie. Le médecin l'avait posé sur son ventre. Elle l'avait caressé. Avait écouté battre son cœur. Lui avait souri. Et il avait grimacé en retour comme s'il avait bien été son petit frère disparu et qu'il lui fût reconnaissant de l'avoir ramené au monde des vivants.

Il avait à peine un an quand elle avait frappé à la porte de la propriétaire de l'immeuble de la rue Danton. Une certaine Madame Montrevault, « une drôle », disait-on. Elle possédait un bel appartement juste au-dessus du sien qu'elle n'avait jamais loué.

« Tente ta chance, qui sait ? avait lancé une infirmière. Elle a ses lunes, cette femme-là. Peut-être que tu tomberas sur la bonne lune et qu'elle aura pitié de toi... »

Dans la cour intérieure, entre les murs aveugles des immeubles voisins, se trouvaient trois ficus, deux bancs de pierre, une fontaine et des perchoirs. Les oiseaux guettaient leurs doubles dans des petits miroirs suspendus. Lustraient leurs plumes. Volaient des arbres au mur où les briques manquantes avaient laissé place à des nids. Des moineaux piquaient du bec dans des bacs pleins de sucre, de graines et de riz brun.

« C'est pour cette cour et ses oiseaux que mon père a déménagé The Kreyol. Autrefois, il y avait la boutique d'antiquités d'une vieille femme juive. À sa mort, on a mis la boutique en vente avec son bric-à-brac. Ce n'étaient pas des objets de grande valeur mais plutôt des choses intimes dont les gens s'étaient débarrassés, qu'elle avait achetées pour un dollar, ou ramassées dans la rue, pêchées dans des greniers... *You know*, des peignes et des brosses, des tasses — comment dit-on : *chiped*... des portraits d'inconnus, des napperons jaunes-jaunis... et aussi des commodes sans porte, des miroirs tachés, des coiffeuses, des chaises et des tables à réparer ou à vernir... »

James-Lee avait ri. « Oh! ça t'ennuie toutes ces histoires, non? Et mon français est imparfait, n'est-ce pas? »

Je l'avais supplié de poursuivre son récit. J'avais assuré que son français était excellent et même demandé qui le lui avait enseigné. Il m'avait répondu que c'était Henry, en souvenir de sa mère et par amour pour la France.

J'étais dans un drôle d'état, écoutant ses histoires d'oiseaux et de brocantes sans parvenir à me concentrer sur ses propos. J'essayais surtout de capter son attention, de lui déclarer avec les yeux que j'avais envie de sentir ses mains sur ma peau. Rien d'autre que ça. Mais il détournait le regard, perdu dans un autre temps, comme s'il pouvait voir la femme juive au milieu de ses vieilleries. Son accent était léger. Il s'exprimait avec lenteur et précaution pour placer les mots les uns auprès des autres. Sa voix vibrait un peu, touchait les endroits secrets de ma chair. Je me laissais porter par ses intonations qui soufflaient si douces à l'intérieur de mon corps, pareilles à un petit vent bienfaisant, une caresse très profonde, la vague qui revient sans cesse effacer les rides du sable sur la plage.

« Oh! *you know!* Au milieu de l'été, il y a encore davantage d'oiseaux ici. Et mon père est heureux. Les gens sont toujours étonnés et il faut les entendre. Ils prétendent que c'est un jardin du paradis en plein cœur de New York. On ignore tout de ces oiseaux. Ils débarquent et s'installent comme chez eux. Ils mangent, ils boivent, ils chantent. Et ils sont libres. Cela remonte au temps de la vieille dame. Personne n'a pu expliquer comment elle les avait attirés ici. Peut-être... seulement avec du sucre. »

Cela faisait presque une semaine qu'on était aux États-Unis, Lila et moi, à aller du restaurant à l'hôtel où Henry nous avait réservé des chambres. Ni l'une ni l'autre n'éprouvions le désir de visiter New York, ses avenues, ses musées, Broadway la lumineuse. Lila avait voulu rapiécer le passé avec Henry et James-Lee. Et moi, je l'avais accompagnée pour rencontrer James-Lee qui était d'un seul coup devenu mon soleil après Marcello.

Un bel astre jeté dans mon ciel au midi de ma vie et qui ne couchait pas même une ombre sur la terre où je marchais, légère, aérienne, délivrée de mes fardeaux.

J'avais appris, sans réelle stupeur, que James-Lee était le fils de Lila, son unique enfant qu'elle avait laissé partir à cause de sa couleur et aussi de l'époque et du qu'en dira-t-on. Son garçon qu'elle n'avait jamais pu oublier et que je lui avais restitué quand j'avais débarqué dans sa vie, avec mon petit Marcello dans les bras. Son enfant perdu et retrouvé, puis envolé de nouveau, le jour où Marcello avait pris son avion pour la Guadeloupe. Non, je n'avais vraiment pas mesuré les silences qu'elle avait dû ménager pendant ces années où, égales à deux mères, nous avions chéri Marcello du même cœur et dans les mêmes douleurs. Mon Marcello à qui elle avait prodigué la tendresse dévolue à James-Lee. Mon fils qu'elle avait aimé pour se repentir d'avoir abandonné James-Lee à Henry dès sa naissance, de l'avoir chassé de sa vie.

Je n'avais pas eu le temps de la juger. D'ailleurs personne n'avait essayé de m'expliquer. C'était comme ça, un point c'est tout. James-Lee était le fils de Lila. Une évidence. Ils avaient causé un peu. Semblaient s'apprécier. Ne se manifestaient pas davantage... Moi, j'étais la plus excitée. J'avais reçu d'elle James-Lee comme un cadeau vivant, l'homme qu'elle m'avait tiré de son passé pour que je comprenne, au moins une fois de ma vie, le sens du mot amour.

Je n'étais plus aigrie contre Gino. Même plus tourmentée par Marie la Jalousie. Même plus soucieuse pour Marcello. J'étais à New York, dans une cour qui ne servait à rien d'autre qu'au babil, au bien-être, à la bacchanale des oiseaux.

Je n'étais plus écorchée par la pensée de ma pauvre manman Noémie. Même plus travaillée par le mystère de mon papa Robert mort dans les bras d'une Clothilde, reine des fleurs à Basse-Terre. Même plus hantée par la vision de mon petit frère Marcello, tout bleu, pendu par le cordon entre les jambes de Noémie. J'étais à New York, neuve, lisse, juste soulevée par les paroles de James-Lee qui me contait ses histoires d'oiseaux.

Je n'étais plus qu'un cœur palpitant, affamé d'amour. Plus qu'un corps vorace du corps de James-Lee. Et je n'avais pas les mots pour le lui dire. Que mes yeux pour le lui signifier. Et je n'avais d'autre recours que laisser traîner ma main, l'oublier sur la sienne. Parler avec mon corps comme Gina Lollobrigida ou Sophia Loren. Croiser et décroiser mes jambes jusqu'à ce qu'il en attrape le tournis. Me balader avec des décolletés plongeants, des robes courtes et moulantes. Et pour donner un sens à mes gestes, lui bafouiller que je n'avais jamais autant souffert de la chaleur. Qu'est-ce qu'on avait chaud à New York!

James-Lee avait été marié. Dix ans. Dans les années soixante-dix, quatre-vingt. Il avait eu un enfant qui habitait avec sa mère, au sud d'Atlanta. Il n'évoquait guère son mariage. Quelquefois sa fille, Helen, avocate comme sa tante Sundra, s'échappait de temps en temps de son cabinet de Harlem pour se joindre à nous, au Kreyol. Michael téléphonait parfois, « Toujours à l'heure du dîner ! » s'exclamait Henry. Quant à Rodgers, son troisième fils, on ne l'avait vu qu'une fois : visite de simple curiosité. Pour donner enfin une authenticité à la mère de James-Lee. Cette *incredible* Lila qui, durant leur enfance, avait été un fantôme, une ombre marchant dans les pas de Lana que tous appelaient *mum !*, James-Lee comme ses frères et sa sœur, sachant qu'il en avait une autre, là-bas en France, à Paris. Une Lila, *little flower !*, dont il rêvait de temps à autre en caressant le sourire de la Française. Un visage en noir et blanc sur le carton glacé d'une photographie datant des années quarante. Des boucles brunes. Des yeux clairs et rêveurs... Lila qu'il n'avait pas retrouvée en cette femme brisée qu'on lui présentait comme sa mère, près de cinquante années plus tard. *Little flower* qu'il ne reconnaissait pas en cette vieille poupée de porcelaine trop maquillée. Maman blonde sous ses cheveux blancs en retard d'une teinture. Maman inattendue, si proche et toujours aussi lointaine, tenue à distance par la pudeur et les silences.

Accoudés à une table du restaurant, Lila et Henry s'en étaient encore une fois retournés à leur jeunesse qu'ils s'étaient mis à peindre avec fièvre, jour après jour, chacun à sa manière. Souvenirs qui semblaient colorés différemment aux yeux de l'autre. Couleurs violentes et grands coups de pinceau informes pour Lila. Pastels et fins tracés pour Henry qui soulignait d'une incroyable netteté les visages du passé.

« *Little flower! Do you remember*..., balbutiait Henry.

— Tatata! s'écriait Lila. Y a plus de petite fleur, ni de bouquet de lilas! Arrête avec tes contes. Je t'avais bien dit que je voulais pas qu'on se marie, tu t'en souviens? Mais t'avais que ça dans la tête!

— *For ever!* susurrait-il, un peu songeur, la tête renversée en arrière. *For ever*, Lila... »

En entendant claquer la porte derrière la faiseuse d'anges, Lila espérait bien que l'enfant de Henry avait quitté son corps. Elle avait fermé les yeux pour ne plus imaginer le petit œuf transpercé, l'âme déchirée. Songeant à Henry qui n'avait cessé de la demander en mariage, elle avait pleuré des larmes de femme abandonnée. 1946, année noire, avait-elle soupiré.

Henry n'avait jamais cru cette histoire d'avortement. Elle lui avait jeté à la figure l'horreur des aiguilles à tricoter si bien maniées par la faiseuse d'anges. Elle avait parlé des problèmes que susciterait la naissance d'un enfant métis dans ce monde où les Noirs et les Blancs s'étaient toujours haïs. Elle avait ri et sangloté dans le même temps et l'avait giflé pour qu'il se pose dans la réalité des choses. Elle avait prétexté la déception de ses parents de la Sarthe qui, selon elle, n'auraient jamais accepté de tendre la main à leur beau-fils nègre. N'auraient jamais serré dans leurs bras cet enfant café au lait qu'elle aurait eu honte de présenter comme sorti de sa chair. Mais Henry ne descendait pas de ses chimères.

Elle l'avait traité de Nègre. Sale négro! Bamboula! Il secouait la tête, la tirait à lui. La couchait tout contre sa poitrine. Collait son oreille au ventre de Lila. Essayait d'entendre le petit cœur qui, à ses dires, battait comme un tambour dans les rumeurs de la nuit. Tambour des mornes de Saint-John qui le ramenait à Hamilton's Gardens, promettait l'espérance pour les nègres. Pareil au temps où Nanny et Percy se donnaient la mort. Tambour cogné dans la rage et la douleur. Son du tambour que les alizés charroyaient de cœur en cœur, d'âme en âme, de case en case, sauvage, et qui annonçait la pendaison de Percy et l'empoisonnement de Nanny. Petit cœur qui allait au galop comme le cheval Colombus mené par Michael sur les routes de Saint-John. Pauvre Michael! Pauvre Michael!... Toujours plus vite poussé par le vent de la colère et de l'humiliation. Toujours plus vite pour ne plus penser à Jenny dans les bras de Monsieur George. Celui-là qui avait piétiné ses illusions et réduit en poussière les prières qu'il avait crues exaucées le jour de ses fiançailles avec Jenny. Sa belle Jenny. Pauvre Michael! Pauvre Michael! Tambour antique sur lequel les doigts usés des *tanbouyé* écrasaient sa dignité d'homme. Pauvre Michael!

Lila avait attendu, en vain, le sang prédit par la faiseuse d'anges. Le sang qui la délivrerait des rêves et fantômes de Henry. Quand son ventre s'était déformé, elle n'avait plus quitté sa chambre. Comme si elle allait enfanter quelque créature monstrueuse.

« Négro! Sale négro! Tu es content! hurlait-elle. Tu as eu ce que tu voulais, hein! Ben moi j'en veux pas de ce marmot! Tu te le garderas pour toi... Et sitôt que c'est fini, tu disparais de ma vie! Je veux plus te voir, t'es sourd ou quoi! Tu pars, toi et ton gosse! Allez! du balai! »

Henry l'écoutait, comprenant bien que les mots terribles qui se pressaient aux lèvres de Lila ne contenaient rien d'autre que son propre désarroi. Parfois, elle se parlait à elle-même, haut et fort, pour qu'il l'entende et soit blessé par ses paroles. Elle évoquait Hans et les Juifs qu'on avait dû arrêter à cause de lui, son amour allemand. Elle jurait qu'elle aurait mieux fait de porter l'enfant d'un soldat de Hitler plutôt que de se retrouver enceinte d'un Nègre.

Henry la contemplait avec la mine triste d'un chien qu'on lapide. Il était projeté d'un coup dans son corps de jeune garçon, plein de fureur contre son père George Mac Dowell et sa manman Jenny. Empli d'horreur à l'idée de ce père blanc surgi au jour de l'enterrement d'*Auntie* Peggy. Il pensait à son compagnon d'armes, Isidor Deblavieux, mort avant d'avoir pu demander pardon à sa manman Nini. Pardon et merci... Et Henry n'était que compassion pour Lila qu'il sentait ébranlée et terrorisée par cette vie qui grandissait en elle.

Il l'assistait, réconforté par la certitude que le regard de Lila changerait bien un jour, dans un an, dix ans, cinquante ans. Et tandis qu'elle déversait ses flots d'insultes, il lavait son linge, nettoyait l'appartement et préparait tous les repas qu'elle repoussait avec dégoût. Des plats délicieux qu'il inventait en fredonnant des chansons de son île.

« Tu te souviens, Lila ! Tu ne voulais rien avaler.

— Moi, je voulais pas manger ! Si ! je mangeais ! Tout ce que tu cuisinais.

— Tu as encore oublié, Lila. » Henry souriait.

« Allez, ose dire que je suis folle !

— Non ! tu ne mangeais pas, *little flower*.

— Je picorais comme un petit oiseau, c'est tout ! Sinon il aurait pas vécu notre James-Lee. Réfléchis un peu ! »

Henry avait froncé les sourcils, passé une main dans ses cheveux grisonnants. Ses yeux fouillaient le passé. Cinquante ans plus tôt, cela faisait du temps à remonter, des couleurs à raviver, des moments à rabouter. Cinquante années à espérer qu'elle s'apaise enfin.

« Le jour où tu as accouché, tu étais...

— Oh, non ! Je t'en prie, Henry ! épargne-moi ça ! Reparlons plutôt de ton départ avec James-Lee ! » coupa Lila.

Henry s'excusa un instant et, comme chaque soir à la même heure, disparut dans la cuisine pour goûter les sauces et féliciter ses cuisiniers qui s'empressaient d'accommoder les derniers plats. Il revint avec un lait de soja glacé qu'il posa devant Lila.

« On n'est pas partis, reprit-il. Tu nous as chassés. C'était terminé notre histoire. Ça te faisait horreur d'avoir un enfant noir. Alors, l'Amérique !

— Tatata ! Tu n'as pas beaucoup insisté, avoue !

— Tu ne m'adressais plus la parole, Lila ! Tu étais en colère ! Tu avais honte, n'est-ce pas... »

Lila haussa les épaules : « Tu as fichu le camp trop vite, comme un voleur. Tu m'as laissée en plan. Tu ne m'as pas accordé de temps. Tu m'as abandonnée à mes regrets. Et quand tu as filé, ils sont revenus les Juifs...

— Toujours là ? s'enquit Henry. Ils t'ont jamais lâchée ?

— Sur l'immeuble d'en face... les femmes, les hommes et les enfants, les trains et les bus... »

Le temps défilait. Moite et molle, je suivais James-Lee dans ses allées et venues. C'est quelque chose l'amour... L'ombre de ton ombre, l'ombre de ton chien, l'ombre de ta main, comme chantait si bien Lila. James-Lee semblait s'accoutumer à ma présence plus que pressante. Il s'extasiait encore sur le mystère des oiseaux du Kreyol et de la vieille antiquaire. Mais, il parlait aussi de Lana, la femme qui l'avait élevé, son père, sa sœur et ses frères Rodgers et Michael. Enfin, il avait commencé à se raconter. Ce qui me passionnait. Il avait pleuré à la mort de Lana. En toute franchise, il m'avoua qu'il n'était pas certain de verser une seule larme quand Lila disparaîtrait. Il me confia que Lana lui avait prodigué autant d'amour qu'à Sundra, Rodgers et Michael. Lorsqu'elle s'était mise à confectionner ses coussins à pompons de plus en plus petits, il avait prié chaque nuit pour qu'elle ne quitte pas sa vie. Il lui avait tenu la main et l'avait vue mourir.

Ses yeux se mouillaient toujours quand il disait *my mum*, Lana. Il avait évoqué sa fille, Helen, et son mariage qui s'était avéré un désastre. Et puis, trois jours avant notre départ, James-Lee m'invita à dîner dans un restaurant, au centre de China Town.

« Vas-y, ma Billy! Il est pour toi! m'avait lancé Lila, avec pétillance. Fais-toi une beauté et n'oublie jamais que y a rien de mieux que l'amour sur cette terre. »

J'avais choisi une robe moulante, acheté trois dollars sur Broadway. « Trois dollars, c'est pas cher pour le prix de l'amour! » avait insisté la vendeuse qui était de Port-au-Prince. On avait échangé des mots créoles qui, si loin de chez nous, détonnaient quelque peu, nous unissaient. Elle avait prétendu que je ressemblais à Whitney Houston, que j'étais belle dans cette robe bon marché.

« *Fout ou bèl, négres ! Fout ou bèl !* »

Et ses paroles flatteuses m'avaient accompagnée jusqu'à l'hôtel. Mots doux murmurés par une femme qui, autre moi-même, guettait l'amour et rêvait d'Amérique en créole.

Ce soir-là, James-Lee avait, pour la première fois, retenu mon regard dans le sien. Et il s'était montré curieux. Voulait connaître la place que j'occupais dans la vie de Lila, la fleur fanée chérie de son père Henry. Je lui avais chuchoté l'histoire de mes parents Robert et Noémie. Je lui avais dit, comme un conte, la vie de Clothilde, femme moissonneuse de rêves, cueilleuse de fleurs et créature fatale. J'avais récité les paroles de Nitila : « La vie c'est la mort et la mort c'est la vie. » J'avais dénoncé les pièges de Marie la Jalousie, les mensonges de Gino. J'avais raconté la venue de Marcello. Et puis, nous avions partagé nos histoires d'oiseaux. Ces oiseaux qui pépiaient et chantaient, mouraient pour ressusciter ici et là, de case en cage, d'île en île. Sans fin… Partout dans le monde. Et tandis que je lui narrais le destin de Néhémie, prise du regret d'amour sur son lit de mort, et l'énigme du bouton de rose dans le bec de l'oiseau, il avait cherché ma main.

Tout parut soudain léger à mon cœur. Dans la lumière tamisée des lampes suspendues et les photophores du restaurant chinois, les dragons dorés à l'or fin crachaient des flammes. Les ailes déployées sur les murs, attendant un autre ciel, ils s'imaginaient vivants. Il fallait juste leur prêter le souffle pour réveiller leurs corps et les voir s'envoler. Ils étaient semblables aux humains à qui manquait le souffle.

Lorsque James-Lee me raccompagna à l'hôtel cette nuit-là, il me demanda si j'aimais New York, si j'étais une Parisienne semblable à Lila, hantée à jamais par mes fantômes. Je lui avais répondu que ceux qui m'habitaient étaient comme les oiseaux de nos légendes. Ils voyageaient de corps en corps, pour y loger leur âme tourmentée. James-Lee avait esquissé un sourire.

En ce mois d'octobre, il pleuvait sur Paris. Dans les branches des arbres, les feuilles hésitaient encore entre le vert et le rouge. Il faisait doux. La fenêtre ouverte laissait entrer le tintamarre des kaxons. New York était loin mais, depuis notre retour, Lila s'était arrangée pour en parler chaque jour.

« Tu as vu, Billy ! Rien !!! Pas un reproche... Après toutes ces années, il aurait pu être aigri. Il a pas changé d'un poil. Sauf son histoire de végétarien... Et mon fils ! Il est beau, hein ! Vous deux, je suis jalouse de votre jeunesse. Hein ! Billy, t'as vu comment c'est beau l'amour ? Qu'est-ce que je t'avais dit ? Oh ! si j'avais vingt ans de moins, Billy ! J'ai trop tardé à me décider. C'est bête, on sait toujours après coup comment faut embobiner sa vie. Je suis pas un exemple, Billy ! »

Lila avait déjà eu deux attaques. Son docteur lui rendait visite le soir. Je ne la contrariais plus. J'obtempérais dès qu'elle levait le petit doigt. Je tordais mon cou par le balcon pour regarder les ombres de son passé. On pensait à Marcello qui nous téléphonait assez souvent. Mais surtout à l'Amérique de Henry et de James-Lee. On cherchait sans cesse à se remémorer les odeurs des plats, les clameurs de la rue, les klaxons des taxis jaunes qui défilaient devant The Kreyol. On écoutait *So Near, So Far, Musings For Miles*, de Joe Henderson, que James-Lee m'avait offert à l'aéroport. On se promettait d'y retourner au plus vite. Au mois de décembre. Parce que Henry avait décrété qu'une fois dans sa vie, chaque être humain devait vivre un *Christmas* à New York. Lila avait acquiescé.

Après l'Amérique, on ne souhaitait rien d'autre que se frotter l'une l'autre de paroles douces, se chauffer le cœur et pas trop bouger de peur d'éclater la bulle dans laquelle l'Amérique de Henry et James-Lee nous avait enfermées.

Jusqu'au bout, on a cru qu'elle aurait suffisamment d'énergie pour regagner New York. J'avais déjà retiré nos billets. On devait décoller le 20 décembre. Lila nous a quittés le 15.

Elle était allongée raide sur le tapis. J'ai aussitôt pensé à Henry, James-Lee et Marcello. L'empressement de partager le malheur... Ne pas rester seule avec la mort. Il était neuf heures à Paris et quatre heures du matin en Guadeloupe.

Judes et Coraline avaient tous deux quatre-vingts ans passés. Ils considéraient le téléphone comme un objet barbare toujours prêt à les faire sursauter. Ils l'utilisaient eux-mêmes en de rares occasions pour s'entretenir avec l'infirmière à domicile : une vieille fille de l'ancienne école qui mettait encore à bouillir aiguilles et seringues dans une casserole. Elle venait une fois par semaine, pour prendre la tension de Coraline.

Il y avait eu six longues sonneries. Puis Judes avait décroché. Sa voix usée et chevrotante m'avait écorché le cœur et je m'étais juré de repartir en Guadeloupe au plus vite. Derrière lui, Coraline le suppliait de raconter. Dès qu'il avait prononcé mon nom, elle avait commencé à gémir et à pousser des petits cris... « Oh! Quoi! Un malheur est tombé sur notre Sisi. Mon Dieu! non! Explique-moi, Judo! Oh! Mon Dieu!

« Oh! Mon Dieu! Oh! Mon Seigneur!... » Comme du temps où elle discutait à mi-voix des déboires de ma manman et du drame de Basse-Terre...

« Oh! Mon Dieu! Oh! Mon Seigneur!... » Quand je rentrais de l'école les genoux en sang.

« Oh! Mon Dieu!... » Le jour de mon certificat de fin d'études... La première fois où elle avait dévisagé Gino qu'elle estimait trop noir pour moi... Et le soir où, sans permission, j'étais allée au cinéma La Renaissance voir un film de karaté et qu'elle m'attendait, assise dans le noir. « Oh! Mon Dieu!... Qu'est-ce que tu trames, Sisi, avec ce méchant Nègre de sinistre réputation? »

Quand j'entendis mieux Coraline, ses intonations, si proches, vieilles et enfantines à la fois, qui me la restituaient tout entière, j'éprouvai le besoin de sentir à nouveau des bras autour de moi. Les bras d'une mère... Noémie, Coraline ou Lila. Les bras d'un homme, ceux de James-Lee qui m'enveloppaient si bien à New York.

« Oh! Mon Dieu! Mon Seigneur! Mais qu'est-ce qui se passe, Sisi? »

J'avais de suite menti : « Rien! Tout va bien! » Et puis j'avais demandé pardon pour l'heure et la peur que je leur avais causée. Je n'avais pas préparé les mots qui annonçaient la mort de Lila. Alors, j'avais bégayé qu'ils me manquaient. Que j'avais besoin de les entendre. Savoir comment Marcello se comportait. Coraline avait chuchoté qu'il n'était pas bavard, ne comprenait pas bien le créole. Il cherchait surtout à connaître la Guadeloupe et sa famille du côté de Gino. Il lisait l'annuaire comme un livre et notait les numéros des abonnés qui portaient son nom. Il fréquentait régulièrement le lycée... « T'aurais quand même dû l'amener au moins une fois... Pendant toutes ces années... Oh! Mon Dieu! Mon Seigneur! c'est pas un reproche, Sisi. »

J'avais marqué un temps d'arrêt.

Mais elle avait continué : « T'en fais pas, va! Marcello est ici chez lui. Sa jeunesse est une bénédiction... Et tu l'as bien élevé. Il dort à présent. Est-ce que je le réveille? Demain, je lui dirai que tu as appelé... Et toi, tu viendras quand? »

J'avais promis, comme chaque fois, souri au téléphone, approuvé et envoyé des baisers en regardant le visage immobile, déjà un peu grisâtre de Lila... Ses yeux clos, ses cheveux à peine défaits, et son rouge à lèvres qui semblait frais posé, comme si elle s'était fardée pour un rendez-vous. Elle avait chuté devant son fauteuil. Et je n'avais même pas songé à la coucher sur son lit. Je n'avais pensé qu'aux hommes de sa vie... Marcello, Henry et James-Lee. J'avais voulu les entendre crier : « Oh! non, pas Lila, déjà! C'est trop injuste! Comment? À quelle heure? » Paroles inutiles pour me soulager de mon chagrin.

Marcello avait rappelé Sybille quatre jours après l'enterrement de Lila. Il avait pleuré dès qu'elle lui avait appris la nouvelle. Bien sûr, il regrettait de ne pas avoir serré Lila dans ses bras, le jour de son départ pour la Guadeloupe, neuf mois plus tôt. Il s'en voulait d'avoir évité ses baisers. D'avoir éprouvé de la honte lorsqu'elle marchait à ses côtés.

Sybille l'avait consolé, lui assurant que la vie était bien comme Lila l'avait décrite : encombrée de malles emplies de « j'aurais dû », de fioles brisées, de chaînes et de clés.

Des sanglots dans la gorge, Marcello avait déclaré qu'il l'aimait de tout son cœur.

« Oh ! oui, je t'adore, ma petite manman. Et j'oublierai jamais Lila... Est-ce qu'elle a souffert, manman ?

— Non, Marcello. Elle ne s'est pas réveillée, c'est tout.

— Comment ça ?

— Eh ben, elle est partie dans son sommeil. Son âme s'est envolée dans la nuit...

— C'est vrai ?... Elle dormait ?... » Il y avait de l'étonnement dans la voix de Marcello, comme si cette manière de mourir lui paraissait conforme à l'image même de Lila, à ce qu'elle avait incarné toute sa vie.

Le sentant apaisé, Sybille avait alors repris sur un ton regaillardi : « Maintenant, parle-moi de toi, Lolo...

— Ben, je vais peut-être habiter chez mon père. J'ai envie d'être avec mes frères et sœurs.

— Tu en as combien, Lolo ?

— Nous sommes cinq... On s'entend bien...

— Je suis contente pour toi, mon Lolo.

— Il est fier de moi, mon père.

— Moi aussi, je suis fière de toi, Lolo.

— Et quand est-ce que tu pars à New York ?

— Demain.

— Et tu préfères pas la Guadeloupe !

— Si, bien sûr... Mais c'était déjà prévu avec Lila. Il faut que j'aille les rejoindre là-bas. Mais je viendrai te voir bientôt avec James-Lee... Bon, on va se dire au revoir, tu veux bien ? »

Ils s'étaient quittés en s'envoyant des baisers.

Sybille s'assit sur son lit, déposa le portrait de Lila dans sa valise qu'elle referma doucement. Derrière la fenêtre, la nuit était tombée et le ciel plombé scintillait de milliers d'étoiles qu'elle aurait voulu compter jusqu'aux premières lueurs du jour. Rester éveillée pour songer à James-Lee, son amour, qui saurait peut-être où trouver l'âme prêtée aux oiseaux.

*Ce volume a été composé
par Euronumérique, 92120 Montrouge
et achevé d'imprimer sur presse Cameron
par Bussière Camedan Imprimeries
à Saint-Amand-Montrond (Cher) en juin 1998
pour le compte des Éditions Stock
27 rue Cassette, 75006 Paris*

Imprimé en France

Dépôt légal : août 1998.
N° d'Édition : 9491. N° d'Impression : 983233/4.
54-02-5010-01/1
ISBN : 2-234-05010-3